JN206943

小山秀綱

小山氏最後の領主

知久 豊

随想舎

小山氏最後の領主　小山秀綱

小山秀綱画像（東京大学史料編纂所所蔵模写）

はじめに

戦国時代の末期、下野国（現栃木県）南部地域を支配していた小山氏の最後の殿様小山秀綱は、越後国（現新潟県）の上杉謙信、相模国（現神奈川県）の北条氏康という両雄と同時代に生を受け、相争いながら生涯を送った不運な武将である。

秀綱の本拠地小山は、広大な関東平野のほぼ中央に位置し、豊饒《ほうじょう》な地として周辺諸国の垂涎《すいぜん》の的であったという。特に関東地方の覇権奪取を狙う上杉氏と北条氏は、毎年のように攻め入ってきて秀綱に苦汁を飲ませてきた。

秀綱は本拠地小山の祇園城を追われることがあっても、そのたびに不死鳥のごとく蘇《よみがえ》るしたたかな力を持っていた。

本書は、このような苦難に満ちた小山秀綱という男の生きざまの一端を描こうとしたものである。

小山氏最後の領主　小山秀綱

目　次

第三章　祇園城落城

第四章　北条との激戦つづく

第一章

動乱の関東

秀綱、菜七姫を娶《めと》る

戦国時代の「ド真ん中」とも言える十六世紀初頭、全国各地でいつ終息するとも知れない戦乱が繰り拡げられていた。これらの戦乱は単なる領地の奪い合いばかりではなく、中世に代わる近世という新しい社会秩序を産み落とす抗争であり、陣痛の苦しみでもあると言えよう。

こうした殺伐とした世情の中、小山氏最後の領主小山秀綱《ひでつな》は大永四年（一五二四）、小山領主小山高朝《たかとも》の長子として生まれ、幼名を小山氏の嗣子《しし》を表す小四郎と命名された。

当時の小山氏は那須、壬生、宇都宮、結城、小田、上杉など名立たる国衆（戦国時代に生み出された地域国家）、大名に周囲を取り囲まれ、加えて隣国には古河公方《こがくぼう》が構えており、いつ合戦が始まってもおかしくない状況下にあった。

なお、古河公方とは、室町幕府が東国を統治する政庁として当初鎌倉に設置した鎌倉府を足利成氏《しげうじ》公方の時代、下総国古河に康正元年（一四五五）に移転したことから古河公方という。初代成氏から五代義氏の天正十年（一五八二）まで続く。同府の長官を公方と呼び、代々足利将軍家の血筋をひく足利氏が世襲、同補佐役を管領《かんれい》と呼び、代々上杉氏が世襲した。

天文二十三年（一五五四）、古河公方第四代足利晴氏が反北条を掲げて挙兵したが敗北、相模国波多野（現神奈川県秦野市）に幽閉される事態が生じた。そして晴氏は公方を譲位させられ、北条氏の支援の下に次男義氏が嫡男藤氏を出し抜いて就任した。ちなみに義氏の母は北条氏綱の娘であることから、義氏は北条氏康の甥にあたる。

この公方家の後継者選考に端を発し、義氏派と藤氏派が公方家を二分する争いが生じ、それが高じてそれぞれの支援者間への対立に発展、関東各地での戦乱により拍車を掛けることになった。

翌弘治元年（一五五五）、小山秀綱は前古河公方足利晴氏の重臣で下総（現千葉県）関宿の城主簗田高助の娘菜七《なな》姫と居城祇園城《ぎおんじょう》の大広間で華燭《かしょく》の典を挙げた。菜七姫は二十五歳、当時としてはかなりの晩婚である。秀綱は三十一歳とこれまた晩婚であるが、

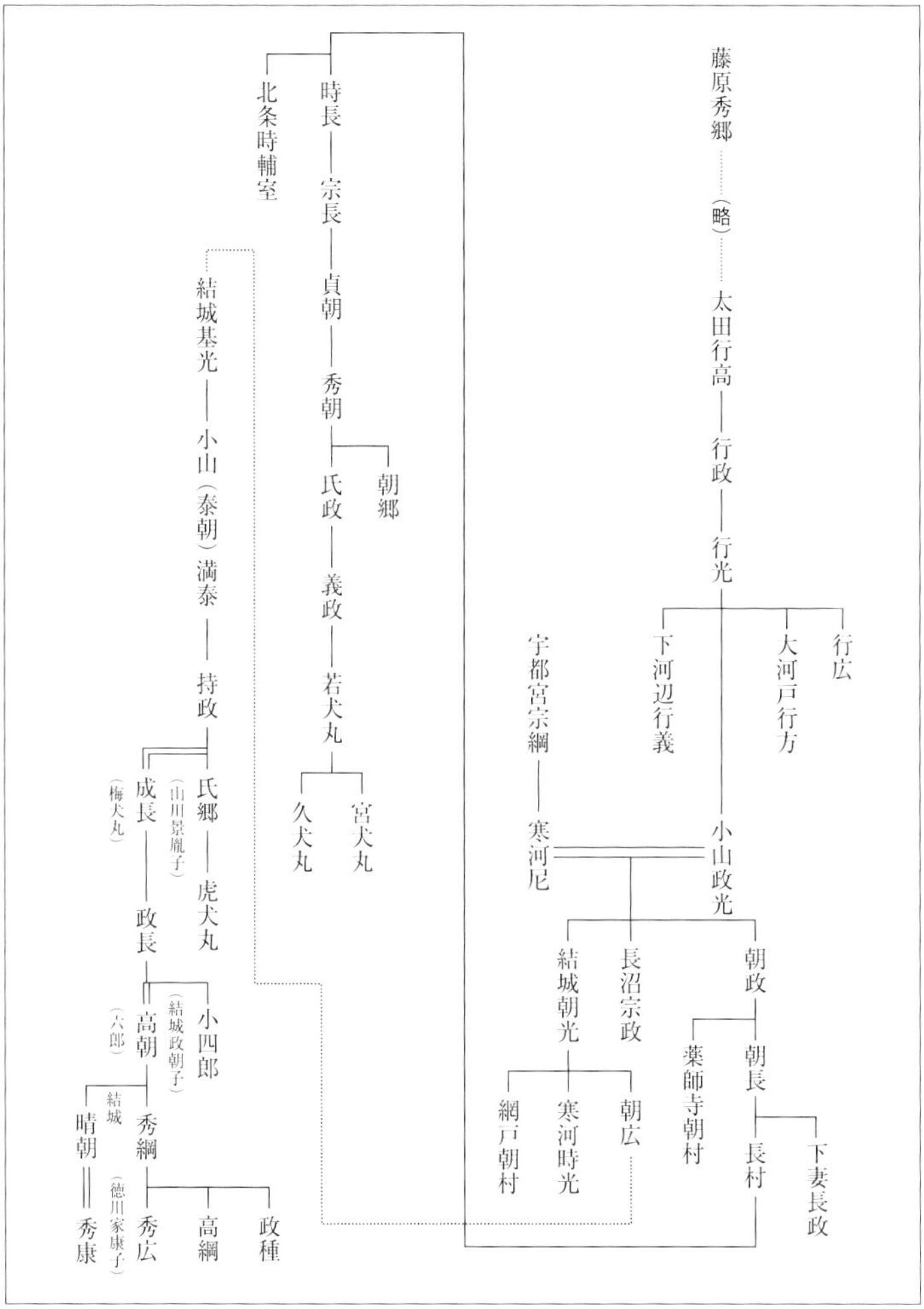
藤原秀郷
（略）
太田行高
行政
行光
行広
大河戸行方
下河辺行義
小山政光
宇都宮宗綱
寒河尼
朝政
長沼宗政
結城朝光
朝長
薬師寺朝村
朝広
寒河時光
網戸朝村
長村
下妻長政
時長
北条時輔室
宗長
貞朝
秀朝
朝郷
氏政
義政
若犬丸
宮犬丸
久犬丸
結城基光
小山（泰朝）満泰
持政
氏郷
虎犬丸
成長
（山川景胤子）
（梅犬丸）
政長
小四郎
（結城政朝子）
高朝
（六郎）
結城
秀綱
晴朝
政種
高綱
秀広
（徳川家康子）
秀康

小山氏系図

側女信《のぶ》に産ませたまだ当歳の小四郎（後の榎本城主）があった。

永禄三年（一五六〇）五月、秀綱は祇園城本丸の最上階三階居室から、すっかり若々しい緑葉へと衣替えした思川《おもいがわ》の川辺を、何を思ってか眺めていた。

「殿は何をお考えになられているのですか」

問いかけながら、新妻菜七が茶を運んできた。

合戦に明け暮れている秀綱にとっては、つかの間の心安まるひとときである。

小鳥が囀《さえず》りながら雲ひとつない青空を飛び回っている姿を見上げながら、

「穏やかな日和ですね。あまり難しい顔ばかりしておられますと、お体に障りますよ」

「最近、お父上の簗田高助殿から何か知らせはないか」

「いいえ、最近はお忙しいのか、とんと連絡がありませぬ。父上がどうかしましたか」

「そうか、ないか。じつは越後の上杉が、今年中に三国峠を越えて関東に攻め込んでくるという噂がある。それが真《まこと》かどうか確かめたいと思うてな。簗田の父上ならご存知だろうと思って訊いてみただけのこと」

秀綱は言葉を続けた。

「上杉が関東に侵入してくれば、必ず北条と衝突する。そのとき前公方の晴氏様はどち

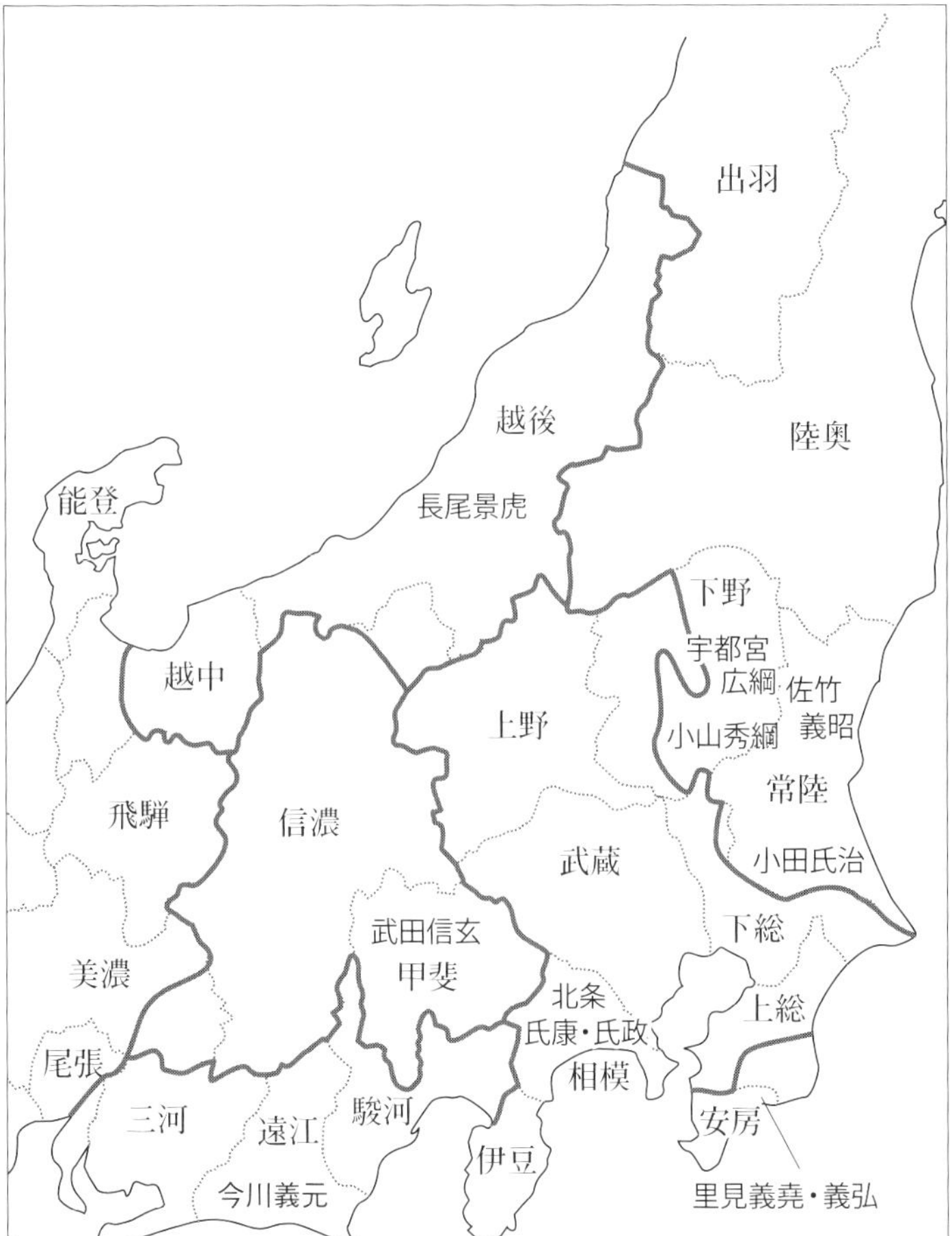

1560年（永禄3）初め頃の勢力図（黒田基樹『戦国関東の覇権戦争』より）

らに味方するのか。北条方なのか、はたまた上杉方を支援するのか、確かなことが知りたいのだ。わが小山家はそれによって採るべき道が違ってくる。晴氏様はその時々の情勢によって顔向きを変える人だ。まるで自分の意志を持ちあわせてないかのように」

「文をやって確かめましょうか」

「いや。それには及ぶまい。簗田殿のことだ、確かなことが分かれば知らせてくれるだろう」

秀綱は再び崖下の思川に目をやった。川面には先ほどまで一羽も見えなかった白鷺が、二十数羽も集団となって餌となる小魚を求めて羽を休めていた。

二人は言葉を交わすでもなく、しばらくの間、茶を啜《すす》りながら白鷺の動きを眺めていた。小鳥の囀りと、サラサラという川の流れが二人の耳を楽しませてくれる。

菜七が暫《しば》しの静寂を破った。

「尾張（現愛知県）の織田信長様が駿河（現静岡県）の今川義元様を討ち破ったと聞きましたが、まことのことでございますか。俄《にわか》には信じられませんが」

「わしも信じられなかった。この世では信じられないようなことが起きる。うつけ者と評判の織田の跡取りが、駿河、遠江（現静岡県）、三河（現愛知県）三国の大守今川殿と合戦して、今川殿の首級をあげるとは思いも及ばなかった」

「織田様はどのような方法でもって、たった二千人の部隊で今川軍二万五千人の大軍に勝てたのでしょうか」

「織田殿には運が味方したとも言える。しかし運ばかりではない。運を手繰《たぐ》り寄せる綿密な計画、用意周到な事前準備など勝利への要因はいろいろあるだろう。最も注目すべきことは、規律ある部隊を持っていたことだろう。特に信長の馬廻り隊は素晴らしい軍団であると聞く。信長殿は年少の少年、それも百姓の二、三男坊を集めて合戦の真似ごとをして遊び呆けていたそうな。だから世間からうつけ者と蔑《さげす》まれ、評判になっていた」

「百姓の二、三男といえば、食べるだけ食べて役に立たない穀《ごく》つぶしと言われる少年たちですね。彼らを集めて戦《いくさ》ごっこをしていたのですか」

「しかしその遊びというものが、じつは合戦を模した実戦さながらの軍事訓練であったという。その中から才能ある者を選び出し、身近に侍《はべ》らせ、親衛隊ともいうべき馬廻り隊を創り上げたという。馬廻り隊員は農作業を免除され、一日中城中に詰めていることを義務づけられ、軍学を学び軍事訓練をさせられている。こうして馬廻り隊員は、領民・百姓から穀つぶし扱いされなくなり、織田家の精鋭部隊に成長していったという。今回の今川殿との合戦においても馬廻り隊の活躍がめざましく、今川勢を打ち破る大きな要因となったと聞いている」

「馬廻り隊とは指揮官直属の戦闘部隊と聞いていますが」

「そうだ。戦闘部隊としての実力を持ちながら、普段は伝令、諜報、物見など大将の手となり足となり、目ともなって大将の必要とするすべての情報を収集することを義務づけられている。わしも信長殿にならって馬廻り隊を作ってみようと思うがどうだろう」

「そうねえ」

と、菜七は否定的に言葉を濁した。小山家の抱えている内情を考えると、菜七は直ちに賛意を表すのが憚《はばか》られた。

当時の小山氏は大きな問題を抱えていた。小山氏は古河公方家の家督争いの煽《あお》りを受け、晴氏、義氏を支援する親北条氏派と藤氏支援の上杉派との対立があり、北条派に与《くみ》しているのが秀綱を中心とする一群で、一方、父の高朝は上杉派支援であった。そのため、小山氏の意志統一を図るのが困難な状況にあり、ましてや秀綱周辺の強化策である馬廻り隊の創設は難しいものとみられた。

しかしながら、秀綱は最も身近の菜七をはじめ重臣達の反対が多いと知りつつも、今でなくともいつか創ってみせる、と心の内では固い決意を秘めていた。秀綱は強い小山軍を創りたいと常に思っている。小山の周辺諸国である宇都宮氏、佐野氏など多くの敵国の他に、遠国越後国（現新潟県）の上杉景虎（以後上杉謙信と記す）、甲斐国（現山梨県）の武田晴信（以後武田信玄と記す）、相模国（現神奈川県）の北条氏康の強豪が関東地方の覇権奪取を目指して虎視《こし》眈々《たんたん》と侵略する機会を窺っていた。当時これらの強国は数年来の飢饉続きで食料不足に陥り、補給源として、調達先として比較的被害の少ない関東地方へ食指を動かそうとしていた。

　こうした強敵に囲まれ、何かことあるたびに、上杉だ、北条だ、いや公方様だと隣国の顔色を窺う小山氏の政治姿勢に、秀綱は辟易《へきえき》していた。無敵と評されなくても、強力といわれる武力が欲しかった。馬廻り隊でもいいから、少しずつ強国化へと結びつく施策を講じたいと考えていた。

小山氏家紋「二つ頭右巴」

　小山家内では、領主高朝派と秀綱派の対立が長期化すればするほど、対立の収束を願う声が大きくなってきた。しかしその元凶である領主親子間では収束する兆しはみえなかった。

その裏には訳があった。高朝、秀綱の親子間には二人だけで取り交わした秘事があった。それは小山氏の生き残りをかけた深慮遠謀から生み出された、弱小領主の悲哀とも言うべき苦肉の策だった。二人で作りあげた秘策とは、次のようなものであった。

北条と上杉の直接対決は免れないだろう。どちらに軍配が上がるか分からない。どちらが勝っても負けても我が小山の傷を最も小さいものとするにはどうすれば良いか、二人は思案し検討を重ねた。その結果、採用した策は、父高朝は上杉、倅秀綱は北条支援とそれぞれ別の勢力を支援することにして、工夫をこらして誼《よしみ》を通じておき、小山氏は父子が対立しているという構図を演出しようとするものであった。

永禄三年（一五六〇）七月、北条氏康は上杉謙信の関東乱入が切迫したものとみて、対応策を練り態勢づくりに着手した。まず手始めに、数年来、関東各地にたびたび出征して扶植してきた親北条となった国衆、大名を小田原城に招集し、各武将間の意志統一、団結強化を図ることだった。

忍城主成田氏

招集された面々は、秀綱と初対面の者がほとんどであった。主な顔触れは、館林城主赤井文六、沼田城主沼田康元、箕輪城主長野業正、忍城《おしじょう》主成田長泰らであった。

秀綱は小田原城内評定の場で成田長泰と隣り合わせた。

秀綱の身形《みなり》は小太りで背丈五尺余（約一メートル五〇センチ余）の風彩の上がらない男であるが、長泰は五尺七～八寸の長身で見栄のする五十歳前後の白髪が似合う武士であった。

評定が一段落した時に長泰が話しかけてきた。

「小山殿、父君高朝殿はご健勝でござるか」

「はい。お陰様で」

「それは結構なことでござる。高朝殿とは公方様のお屋敷で何度かお会いしたことがございましてな。高朝殿は戦上手ですぐれた戦略家でもあられる。良い父君を持たれましたな」

「ありがとうございます。伜の秀綱をもよろしくお願いします」

などと他愛のない挨拶を交わすなかで、初対面とは思えない親しみを覚えてきた。

小田原城

「小山氏は北条、宇都宮、佐竹、遠くは上杉など名立たる大名に四方を囲まれていて難儀なことじゃのう。特に北条は小山氏の祇園城を北進する拠点に、わしの忍城を西進の拠点として利用しようとしている。それならそれで我々をもっと重用、優遇してもらいたいものですな」

長泰は北条氏が成田氏を軽んじているような扱いをしているとして、不満を抱いているような口振りであった。

評定は一日で終わった。

秀綱一行は成田勢と共に並んで帰路についた。秀綱は長泰と轡《くつわ》を並べてゆっくりと世間話をしながら鎌倉街道・中道を北上しそれぞれの居城へと歩みを進めた。そして忍城へ向かう長泰一行と別れの時がきた。別れ際、長泰は周囲を見回して誰か聞き耳をたてている者、不審な者がいないか探すような素振りをみせたあと、

「上杉の越後勢が越山してきて我々と合戦になった場合、北条氏康殿は救援に駆けつけて来ると思われるか」

と問いかけてきた。

「昨日の評定では、間に合うようにすぐに駆けつけると言っていたが……。たぶん無理だと思う。関東の地は広い」

「わしも秀綱殿と同感だ。越後勢の強さは日本一との噂《うわさ》である。全力を挙げて救援すると胸をはって言ってはいたが、北条は上杉が我々に攻めかかってくれば、我々の城のひとつや二つくれてやる程度に軽くみているように思えてならない」

二人は考え込むように口をつぐんだ。しばらくして長泰が、

「倅氏長を小山に出張《でば》らせて、おことと話し合わせてみたい。倅を小山へ伺わせてよろしいかな」

「ぜひお越し願いたい。その日が来ることを楽しみにして待っている」

二人は顔を見合わせてニッコリと笑い合い、別れの挨拶代わりにした。

小山氏の家督を継ぐ

その日は小田原から帰還してまもない、太陽が容赦なく照りつける暑い日であったことを秀綱は覚えている。

小山高朝は、秀綱夫婦を祇園城の城主室に呼び入れ、挨拶代わりの四方山《よもやま》話を少々交わしたあと、唐突に小山氏の家督を秀綱に譲ると申し渡し、さらに「明日にでも重臣を招集して隠居する旨を伝達する予定である」と語った。

秀綱は小山氏の家督を継ぎ、身代を背負うのは荷が重すぎると強く辞退した。また、家中の者への伝達も思い止まるよう懇願した。しかし、高朝の決意は固く、まったく聞き入れようとはしなかった。

高朝は秀綱がなかなか承諾しないとみるや、やおら身の上話を語り始めた。

高朝は隣国結城家に生まれ、結城家から小山家への入嗣であったため、目にみえないところで、他人には言えない苦難を強いられたことがたびたびあったこと。その点、秀綱は小山氏嫡流を指し示す小四郎と名づけられ、生まれた時から小山氏の家督を継ぐ宿命にあり、またそのように育てられてきた。年齢も三十六歳と遅きに失した感がある……、などと、秀綱が家督を継承するよう申し渡す口調であった。

高朝の引退は、高朝が強健な肉体の持ち主であるだけに、一族の誰一人として予想もしていないことだった。それゆえに家中の者たちはみな大いに驚いた。

当時の小山氏は隣国の宇都宮氏、壬生氏をはじめ多くの敵対勢力に囲まれ、絶えず小《こ》競《ぜ》りあいを繰り返し、休む間もなく戦いに明け暮れていた。このような時期に、当主の交代という家中に乱れがあるような行動を起こすべきではない、敵に隙をみせるべきではない、というのが家中の圧倒的な意見だった。

また、反対者が多い理由には、高朝が当主として少なからぬ功績をあげていたこともある。例えばおよそ二百年前、小山義政公が鎌倉公方らに立ち向かったいわゆる小山義政の乱（一三八〇〜八二年）で失った所領を、高朝の代に一部ではあるが奪いかえすことができた。こうした戦功をあげ、小山氏の版図伸長に大きく貢献していると評価しているのである。

高朝は、水野谷左衛門大夫、岩上大炊助《おおいのすけ》、細井伊勢守、妹尾平三郎、山河弥七郎、粟

宮伯耆守《ほうきのかみ》ら重臣を招集し譲位を諮《はか》った。反対者には一人ひとりに意を尽くして説得したため、重臣全員の同意を得ることができ、ここに小山氏の新統領、祇園城主小山秀綱が誕生した。

成田氏長との盟約

新祇園城主小山秀綱が誕生して間もないある日、忍城主成田氏長が祇園城へ表敬訪問にやってきた。城主秀綱への最初の訪問客である。

氏長は、父氏康から秀綱の人となりを聞いているとみえて、旧知の仲のような親近感をもって接してきた。一方、秀綱も初対面とは思えない心のこもったもてなしで応えた。

氏長は、赤銅色に日焼けした端正な顔を、秀綱の頬に押しつけるかのように近づけながら、小声で話し始めた。

「いよいよ越後の上杉が関東へ乱入してきそうだ。小山氏は上杉にどう対処するつもりか存念をお聞きしたい。小山氏にとって家運をかけた大きな決断となる。小山氏の出方によっては、我が成田家も対処方法を考えてみるつもりだ。いかがなさるおつもりですかな」

秀綱は両腕を組みながら、「うむ、うむ」と唸《うな》った。

秀綱も成田氏の出方を聞いてから、その良し悪しを判断し、その上で小山氏の意向を伝えようとしていたのだが、後手に回ってしまった。小山氏としての考えを、秀綱の個人的考えだがと前置きして説明する羽目に陥ってしまった。

秀綱は重い口を開いた。

「上杉の侵入にどう対処すべきかだが、このまま小田原北条の指図どおりに従うのが当然のようだが……。しかし、越後勢は敵とみれば手当たり次第に踏み潰しにかかるだろう」

「そうだ。北条側と旗幟《きし》を鮮明にすれば、北条からの支援部隊が到着するまで越後勢との合戦を一手に引き受けなければならない。とても無理な話だ」

氏長はひと息ついて、胸のつかえを吐き出すように言った。

「ここは腹をくくり、上杉に加担しようと思う。恥を忍んで上杉謙信に臣従の礼をとってみようと思っている」

秀綱はわが意を得たりと、胸をなで下ろした。

「わしも成田殿と同じ想いである。北条軍の到着は、我々が上杉軍にやられた後になるだろう。北条のやり方は、いつも後になってから、遅れをとってしまったかとの言い訳ばかりだ。北条を待っていても、上杉の攻撃を止めることはできない。我々は、北条から上杉へと寝返りする他に生きのびる手段はないと考えている」

意見の一致をみたところで酒宴に入った。酒の肴は、自然と北条に関する意見交換となっていった。

北条氏は、相模国小田原に本拠地を置きながら、侵略の矛先を南方だけでなく北方にも向け、派手な合戦をせず、どちらかと言えば地味な戦いを積み重ね、敵の城を一つ一つ攻め取りながら北上してきた。強国といわれる甲斐の武田や駿河の今川などの周辺諸国へ食指を動かすことなく、力を北方に注ぎ、今や上野、武蔵の二国の大部分を支配下に置く大勢力となった。そして北条氏は、忍城を信濃方面進出の拠点、祇園城を奥州攻略への前線基地にしようとする野望がある、という観測で意見が一致した。

二人は床を並べて寝床に入ったが、なかなか寝就かれないようで、話し声が夜更けになっても止まなかった。

「ところで、この城をどうして祇園城と名づけたのか」

突然、氏長が訊いてきた。秀綱はやや間を置いて語った。

「城内に祇園牛頭天王社が祀《まつ》ってあるのを御存知か。素戔鳴尊《すさのおのみこと》の強さと守護神天王様のご加護を祈念して、ご先祖様が祀ったと聞いている。そこから誰が名づけたということもなく祇園城という名がうまれたと聞いている」

翌朝、二人は共に朝餉《げ》を摂りながらも、昨夜の話の延長を繰り返していた。秀綱が話題の核心について問うた。

「成田氏はどの時点で上杉に与すると伝える心積もりであるか」

「我々は上杉が三国峠を越えて、関東の地へ足を踏み入れた時にしようかと考えている。その時ならば上杉の心証も良いだろうと読んでのことだが」

「そうかも知れん。旗色を早くから明らかにすると、北条や北条旗下の国衆・大名が攻め寄せてくることも考えられ、遅いと反対に上杉から攻め込まれる恐れが懸念される」

「上杉に与するといっても、事実上臣従することだ。端的に言えば、臣従するということは身売りすることと同じだ。ならば少しでも高く売らねばならない」

「そりゃそうだ」

「ではそうしよう」

二人は顔を見合わせ、互いにニッコリと笑みを浮かべ、固い盟約を誓った。氏長は再会を約して祇園城を後にした。両人とも再会時は上杉陣営となるだろうと思っていた。

第二章

謙信、起つ

小田原北条を包囲

小山秀綱は、上杉謙信の越山、関東侵攻が現実味をおびてきた永禄三年（一五六〇）七月、祇園城に小山大膳・岩上大炊助ら重臣を招集して、上杉が関東に侵入してきた時を捉《とら》えて、上杉と同盟関係にある古河公方の兄足利藤氏を支援し、現公方義氏との関係を絶つと宣言した。さらに北条を支援すると主張する者には断固たる措置を執るとの決意を表し、小山氏一統の意志統一を図った。

その上で、我々の態度を明らかにするのは、北条の動きを牽制するため、上杉の関東侵入が明らかになってからとし、それまでは極秘とする、と申し渡した。

また、いつ合戦が始まってもおかしくない情勢下にあるので、いつでも出陣できるように準備を整えておくように、と下命した。

重臣団からもとくに異論は出ず、こうして上杉支援方針は決定した。前城主高朝は終始満足気な笑みを浮かべていた。

早速、秀綱は妻菜七に、小山氏は上杉に与することになり、義父簗田高助率いる簗田勢と力を合わせて北条軍と戦うことになる、と伝えた。日頃、夫と実父が敵対することになるのではと憂慮していた菜七は、大きく息を吐いて安堵《あんど》の笑みをこぼした。

秀綱は、上杉謙信がいかなる大義名分を掲げて関東へ侵入してくるか興味深く見守っていた。謙信は領土的野心はないと吹聴しているが、はたして額面どおりなのか。領土への野心がないとすれば、何のために血を流すのか理解できなかった。そこで秀綱は、謙信の最近の動きを辿《たど》ってみれば納得が得られるのではないかと考えた。

関東管領上杉憲政は、北条氏康に逐《お》われ、謙信の庇護を受けている。そして謙信に管領職と上杉の家名を譲りたいと申し出た。つね日頃、権威と格式を重んじる謙信は、名実ともに管領職を得るためには任命権者である足利将軍家から任命されなければならないと考え、永禄二年（一五五九）四月、上洛して正親町《おおぎまち》天皇に拝謁、次いで第十三代将軍足利義輝から「関東管領職」の内示を受けた。

関東管領に就任できる要件が整ったことから、謙信に残された課題は関東各地に蔓延《はびこ》る大名、国衆を支配下におくことだった。その上で鎌倉鶴岡八幡宮に詣でて、上杉家の相続と関東管領への就任式を執り行い、名実ともに関東武士団を統率できる関東管領の身分を獲得することだった。

永禄三年（一五六〇）八月、上杉謙信は越後の精兵八千七百を率いて居城春日山城を出発した。三国峠を越え、上野国へ侵入するや、沼田城、白井城（渋川市）、惣社城（前橋市）、箕輪城（高崎市）、金山城（太田市）など上野国の大名、国衆の本拠地を次々と攻略し、またたくまにほぼ上野国を手中におさめた。そして、奪取した城のうち最も利便性の高い厩橋城（前橋市）で越年した。

明けて永禄四年（一五六一）二月、謙信は北条氏の本拠地小田原城攻略に向けて出陣した。

この間、謙信麾下《きか》に加わったのは、小山氏をはじめ宇都宮氏、成田氏など関東七か国の大名・国衆二五三人といわれる。その際、上杉軍が作成した「関東幕注文」には「小山衆」として小山氏と家臣八人が記されている。

小山衆・陣幕紋
小山殿　二かしらのともへ
同　大膳　同もん
同　右馬亮　同紋
家風
　水野谷左衛門大夫　同もん
岩上大炊助　　す八ま二ひきりやう
粟宮　　丸之内二二ひきりやう
細井伊勢守　にほひかたくろ一文字にかたはミ
妹尾平三郎　一文字二かたはミ
山河弥三郎　三反え右ともへ
粟宮羽嗜守　丸之内の二引きやう

なお、前記粟宮氏と粟宮羽嗜守は同一人物とみられる。
また、成田氏関係では、「武州之衆」として成田下総守を筆頭に十六人が登載されている。

謙信は、小田原進軍の途上、古河公方府へ立ち寄り、関東管領の権威をもって、かつて古河公方が略奪、獲得した「御料地」と称する公方の領地の見直しを実施した。これら「御料地」の大半は古河公方が北条氏の威を借りて奪ったものである。

秀綱はこの機を逃さず、永徳二年（一三八二）小山義政の乱以降、古河公方の名をもって強奪された小山領南部の広大な土地の返還を求めて、謙信側近に活発な働きかけを行った。この働きかけが功を奏したのか、「御料地」とされていた、友沼郷、乙女郷、間々田郷、生井郷、網戸郷、真弓郷、大河島郷（現小山市南西部、野木町、栃木市）など多くの郷村を奪還することができ、再び小山領とする成果をあげた。

上杉軍は小田原進軍途上において、北条氏と誼《よしみ》を通じている親北条の敵対勢力、館林城、河越城、松本城、江戸城などを次々と攻略していった。その間に新たに付き従うようになった将兵は日ごとに増加し、小田原城を包囲した時は十一万五千人の大軍団にふくれあがっていた。

北条軍は上杉軍を正面から迎え撃つことなく籠城策をとり、城内にとじこもった。小田原城を包囲した謙信は、永禄四年（一五六一）三月十五日付けで小山秀綱に、小田原参陣に対する御礼を述べた上で、北条方の動きに十分注意するようにとしたためた書状を送るという幕下の諸将を労《ねぎら》う配慮もみせている。

上杉軍は小田原城下に火を放ち、市街地の家屋を一棟残らず焼き払った上で、火矢を打ち込んだり、罵声《ばせい》を投げかけたりして、城から討って出て戦うよう挑発したが、北条方はこれにのることなく防備を固める一方で、時折、上杉軍の隙をみて少人数で城を忍び出て、包囲軍の詰小屋に放火したり、小荷駄の食糧を奪い取るなどの反撃を繰り返し、しきりに消耗戦に持ち込もうとしていた。

上杉軍は、武力攻撃と並行して降伏、開城への説得工作も試みたが、籠城戦に絶対的自信を持ち、大国意識の強い北条を説得することができなかった。

小田原城を包囲して十日間が経過すると、上杉軍の兵糧不足が懸念《けねん》されるようになり、さらに悪いことに甲斐の武田信玄と駿河の今川氏真が上杉軍の背後を襲うような動きをみせてきた。

これらの動きを察知した謙信は、北条を降伏させる目的を達成できなかったものの、北条の動きを押さえ込むことができたとして包囲網を解き、鎌倉に行き鶴岡八幡宮で関東管領の就任式を執り行うことにした。

謙信は鶴岡八幡宮の神前で厳かに関東管領就任式を挙行するとともに、姓を長尾から上杉へと改め、関東管領家である上杉家の家督を相続したことを内外に宣言した。

成田氏の離間

名実ともに関東管領職に就いた上杉謙信は、高揚した面持ちを押しとどめながら神殿を後にした。境内には正装した騎馬武者、徒士多数が勢揃いして待ち構えており、改めて関東管領という地位、格式の偉大さに酔いしれた。

ちょうどその時、事件が起きた。謙信が成田長泰を、

「無礼である」

と打擲《ちょうちゃく》したのである。

この一件は謙信と長泰の二人だけの諍《いさか》いにとどまらず、秀綱はじめ関東の諸将に大きな影響を与えることになった。

事件は次のように伝えられている。

謙信が参詣を済ませて帰途についた際、警固にあたっていた諸将は下馬して礼をとっ

た。成田長泰も諸将にならって下馬して礼をすればなにごともなく済んだことだが、成田家では大将と同時に下馬して礼をするというのが家例になっていたのである。

長泰が家例どおりの作法をとったところ、謙信は成田家の家例を知ってか知らずか激しく怒った。

謙信は多数の武士の見守るなか、怒りにまかせ下級武士に馬から引きずり落ろさせ、路上に這《は》いつくばらせ、さらに一人前の武士を示すシンボルである烏帽子を打ち落として踏みつけるなど、長泰の面目を失わせる乱暴をしたという。

また、別の説によれば、就任式の最中に、謙信を見ようとしてふと上げた目が謙信のそれと合ってしまい、怒った謙信に鞭で打たれたともいう。

はたしてどちらが真か、あるいは双方とも否か知る術《すべ》はないが、この事件を契機として、謙信の下に団結していた関東の諸将の絆《きずな》が破れ、綻《ほころ》び始めた。

多くの武将の前で恥辱を受けた長泰は、無念きわまりない思いで、その日のうちに従者百騎を伴い陣所を引き払って本領へ帰還してしまった。

秀綱も謙信の大人気ない振る舞いに、「明日は我が身かも」の思いを抱き、陣所を引き払い祇園城に向け帰途についた。

謙信の下に関東地方は統一されるかと見られていたが、この事件を境に関東の地は再び離合集散を繰り返す血みどろの戦いの場と化してしまう。

秀綱は二か月振りに祇園城へ帰還した。出迎えに集まっていた出征兵士の家族をはじめ領民は、元気に戻った我が子や夫をこの目で確認しようと、小山軍団の到着を「今か、今か」と待ちわびていた。

やがて秀綱を先頭に小山軍が姿をあらわすと、誰が音頭をとるでもなく自然発生的に「うわっ、うわー」と叫びと見紛《みまが》う喜びの声があがった。それは、最近の小山軍にはついぞ聞くことのできなかった、凱旋を祝う叫び声であった。

打ち続く合戦の中にあって、出征兵士全員が無傷で帰還できたことは、領民にとって信じ難いすばらしい快挙であった。事実、最近頻発する宇都宮氏や結城氏など近隣国衆との合戦では、少なくない犠牲者を出すのが常であった。

城内に入ると、高朝はじめ菜七など一族、家中の者全員が、にこやかな笑みを浮かべて出迎えた。城主の妻である菜七が奥方様にふさわしく、

「お帰りなさいませ。勝ち戦おめでとうございます」

と型どおりの挨拶をすると、出迎えに出た全員一同が声を揃えて、

「お帰りなさいませ。勝ち戦おめでとうございます。」

と復唱した。

菜七は留守を守るため、あれこれと城主の代役を務めた気苦労が自然に彼女の振る舞いに厚みをつけたのか、二か月余りのうちに城主の奥方様になりきっていた。

また、庶子小四郎（後の高綱）も六歳となり、菜七になつき、少年らしい成長の跡がみえ、二か月間という留守の長かったことを感じさせられた。

茶を啜《すす》りながら、久しぶりに菜七と静かに向き合っていると、言葉はいらなかった。自分の城と菜七が作り出す雰囲気は、殺伐とした戦場やむさくるしい軍営生活を忘れ去らせるに十分であった。

ひとときの静寂を菜七が破った。

「成田様がご無礼を働いたそうですね。殿とは昵懇《じっこん》の成田様ゆえに殿に迷惑がかかりませんでしたか」

「いや、べつに。しかし、あの時の謙信殿の怒りようは尋常ではなかった。直情径行のお方とは聞いていたが……」

「聞くところによりますと、下馬しなかったからというだけのようですが」

「そうだ。そんなことで怒ることもないと思ったが。それも多くの武士の面前でだ。格式を重んじる謙信公らしいといえるかも知れんが」

「私が幼きころ、遊びにいらっしゃった氏長様が得意気に、『我が家には家法といえるような決まりがいろいろあるが、その一つに乗馬の作法がある。陣中では大将が馬上の時は馬上にて、下馬した時は同時に下馬すること。これは大将の身の安全を確保する最善の方法だ』ということを教えられたことがあります」

「そうか。氏泰殿は成田家の家法どおりに行ったのだな」

「そうですね。氏長様は、大将と同時に下馬して礼をつくすということは、約五百年も前の前九年合戦時の大将源頼義、義家様に対する作法であって、以後成田家は家法として綿々と引き継いでいるものだ、とも申されていました」

「謙信殿も大人気なかったと反省しているようだ。成田勢が勝手に陣所を引き払ったにもかかわらず、追手を指し向けるでもなく、黙認していたことでも分かる」

こうしたなか、本拠地忍城に帰城した成田氏泰は、一族ともども北条側に寝返ることを明らかにした。

その後、成田氏に続いて秀綱をはじめ、関東の諸国衆・大名は先を争うように、謙信の下を離れ北条に与するようになった。

戦乱渦巻く関東

上杉謙信は小田原城攻めの後、帰途厩橋に立ち寄ったものの、関東の地に長くとどまることなく越後春日山城に帰っていった。

謙信は六月に帰城したものの、八月には武田信玄が謙信の留守を狙って信州各地を席捲した上、北信地方・千曲川畔に海津城を築いて信濃国全土を支配下に置こうとの野望をむき出しにしていることを知り、これを阻止せんがため、武田信玄討伐に向け、休む間もなく精兵一万二千人を率いて出陣した。

両者は、信濃国川中島において前後五回にわたり合戦を繰り拡げたが、今回の合戦は、後に第四次川中島決戦と称される最大規模の合戦となった。

この合戦において、上杉軍は、

「信玄の実弟武田信繁を含む八千人を討ち取った」

と戦果を誇示し、一方武田軍は、

「上杉兵三千人余を討ち取る大勝利」

と総括するなど、両軍とも誇張した戦果を発表して勝利したとしている。

また、武田信玄も謙信と血を血で洗う文字どおり血みどろの争いを繰り返しながらも、謙信と同様に関東への食指を止めることなく、ジワジワと上野国を侵蝕しており、いわばこの時期の関東地方は上杉、北条、武田の絶好の草刈場となっていた。

小山秀綱をはじめ当時の関東の諸国衆は、領土、領民を守るためには、

「今日は上杉軍に与し、あしたは北条側に」

と変節極まりない対応をとらざるを得なかった。

いかにも節操のない身の処し方であるようにみえるが、そうでもしなければとうの昔に滅亡する以外に道はなかったのである。保身上やむを得ない戦術であった。

北条氏は謙信が関東へ侵入すると小田原城に引き揚げ、反対に越後へ帰ると、上杉勢に征服された地域へ出馬し、親上杉勢力を掃討して自派勢力圏へと塗り変えるのが常だった。

朝夕の冷込みが一段と厳しくなり、城壁を抱きかかえるように周囲を流れる思川が、あちこちで白刃のような波を立て、キラリと光彩を放っている。このキラキラ光る太陽

の光が一層寒さを感じさせた。

「おー寒む」

菜七は障子を開けた途端冷たい風に当たり、思わず声を上げた。

「そんなに寒いか」

と秀綱が声をかけた。

「外は大分冷えています。このように寒くなると、毎年のように合戦が始まります。稲の収穫が終わったころを見計らって、上杉殿をはじめ北条氏など誰かが戦を仕掛けてくる。でも、今年はめずらしく攻めてくる者がなく、のんびりできそうですね」

「奥に以前話したように、戦のないこのような時に、馬廻り隊を、それも百姓の二、三男を集めて創ってみようと思う。欲しいのだ、馬廻り隊が」

「やはり創られますか。殿は思い立ったことは必ず実行するお方ですからね。家中の小山大膳叔父様や細井伊勢守殿など、穏健派といわれているご重役様方のご賛同を得ているのですか」

「いや、まだだ。彼らは近隣諸国を刺激しなければ合戦は避けられるし、軍備を強化しなければ敵を刺激することもなく、牙を向けてこないと頭から思っている馬鹿者どもだ」

「しかし重臣の同意を得ないと、小山氏としての結束が乱れるのではないかと思われますが」

「いや心配ない。馬廻り隊と鉄砲隊を創設してみようと質してみた。予想どおり鉄砲隊は大反対だった。しかし、馬廻り隊設置については害もないだろうと思ったのか、大きな出費とならないと思われたのか、反対もなく見過された感じだ」

　秀綱は説明を続けた。

「重役達は、多額の出費を恐れているのだ。現在、合戦につぐ合戦で領民は生活が成っていかないほど貧窮している。そんな状況下で我々には高価な鉄砲を購入する余力はない。その上、いざ合戦の際、役に立つものかどうか判らないものに多額の金子を投入できないということだ。彼ら年寄りにとっては鉄砲と聞いただけで驚き、馬廻り隊のことを考える余裕がなかったのだろう」

　秀綱はさらに菜七を見つめながら、顔色をうかがうように続けた。今や菜七は秀綱の良き相談者の地位を占めていた。

「奥に異存がなければ、今日にでも馬廻り隊要員募集の〝触れ〟を出そうと思っている」

「私に異存があるはずがありません。畏れ多いことでございます」

「馬廻り隊の少年たちは城に寝泊まりさせる。彼らに供する飯の心配もある。奥の力が必要となる。たのむ」

秀綱は前途が開けた思いなのか、小太りの体をゆすりながら喜びをあらわにした。

菜七には、馬廻り隊を創ることぐらいで、秀綱がこんなに喜びをあらにするのか不思議だった。領主は領内のことをすべて思うように動かせ、決定できるものと思っていたが、そうではないこともあるのだ、と初めて知った。

特に軍備については、強化すれば即合戦につながると思い込んでいる口達者な評論家がいる。これらの評論家につられて付和雷同する者が多数でてくるのだ。

このように新任領主秀綱には、独断で決定できないことが少なくなかった。

馬廻り隊を創設

夜明け前の闇は最も深い。また、気温も最も低くなるという。

永禄四年（一五六一）五月、百姓娘の忍《しのぶ》は、まだ夜が明けきらない暗い畦道を覚束《おぼつか》ない足取りで、小さな体に分不相応な大きい草刈籠を背負い、西仁連川と呼ばれる小さな川を目指していた。飼っている農耕馬「リキ」の飼葉を刈り取るためだ。忍の仕事の中で最も過酷な仕事の一つである。忍には一番嫌いな仕事でもある。

まず早起きするのがつらい。刈り取った草を籠一杯、それもぎゅうぎゅう詰めにしないと、父善作に、

「こんな少しか」

と叱責される。ほめられることはほとんどない。

しかし、リキに採りたての草を与えると、リキが待ってましたとばかりに、たっぷりと朝露を含んだ青草をおいしそうに食べる姿は、忍には早朝労働の疲れを忘れさせるに十分な喜びを与えてくれる。そして、リキが朝食をすませてから、忍の朝食の時間となるのが常だった。

しかし、最近、忍には早朝の草刈りが辛くなくなった。忍には辛いと感じさせない楽しみができたからである。

忍は恋をしたのだった。それは毎朝、一緒に草刈りをして、時々仕事の遅い忍を手助けしてくれる藤蔵と会えることだった。

しかし、今日は違った。藤蔵に直接聞きたいことがあった。今日こそは必ず聞き糺《ただ》さ

ねばならないと固く心に決めていた。

そのため忍は昨晩から落ちつかなかった。今朝も早くから目醒め、いつもより早く出会える場所に行き、藤蔵が姿をみせるのを待った。

しかし、いつまで待っても藤蔵は現れなかった。陽も高くなり、

「何をやっているんだ。リキが腹を減らしているぞ」

という父の怒号が脳裏にちらつくころになって、藤蔵との出合いをあきらめ、満載となった籠を背負い重い足取りで家路に向かうことにした。途中、悲しくなってとめどもなく大粒の涙がこぼれ落ちてきたが、拭おうとする気力も失ってしまっていた。

「藤蔵さんに何かあった。間違いない。お触れにあったように藤蔵さんはお城に登るのかも。そしたら会えなくなってしまう」

と何回も繰り返しつぶやいた。

家に着くなり、母のヨネに聞いた。

「藤蔵さん来なかったかね」

「こんな早くに来る人がいるかね。それとも藤蔵さんちで誰か亡くなったのかね」

母ヨネの誰か亡くなったのかという問いかけに、忍の小さな胸に大きな不安がよぎっ

た。

「藤蔵さんちでなにかあったに違いない。それも大変なことが」

忍はすばやく麦飯をかき込むように食べると、一町（約一〇九メートル）ほど離れた藤蔵の家に様子を見にいった。

藤蔵の家は横倉村一番の大きな屋敷で、主屋、馬小屋、大谷石造り蔵など五棟が立ち並んでいる。忍は屋敷を囲んでいる生垣の隙間から玄関周辺を覗いてみた。

玄関の上がり端には、四〜六人の大人が忙しそうに何やら立ち働いている。

そこにたてがみの黒いたくましい鹿毛が引き出されてきた。鹿毛が玄関に横付けされると、まもなく羽織り袴姿の藤蔵が現れ、すばやく馬上の人となった。藤蔵の周りを取り囲む人々と何やら言葉を交わしている姿は、十五歳の青年とは思えない堂々としたものだった。

やがて藤蔵は親類、縁者など大勢の人に見送られながら大通りに出てきた。見送る人々は、

「頑張れよ」

「いやになったら戻ってこいよ」

などと声をかけながら手を振って見送っていたが、藤蔵の母親だけが被っていた手拭いでしきりに顔を覆い涙を拭いていたのが印象的だった。

忍は見送る人々にみつからないように後をつけた。見送りの人の姿がみえなくなってから藤蔵のところに駆けよった。息を切らしながら、恥ずかしさを忘れて、

「藤蔵さん」

と大声で呼びかけた。忍の声を聞きつけて藤蔵が馬を止め、振り向きざまに返事した。

「どうした。何か用か」

すると忍の口からは、自分でも思いがけない言葉が飛び出した。

「どうして今朝は草刈りに来なかったの」

藤蔵は苦笑いしながら、忍の意図するところを察したのか、笑顔でこたえた。

「すまん。すまん。待っていたのか」

「どこに行くんだんべ」

「小山のお城に行くんだ。……だからもう草刈りはできなくなったんだ」

藤蔵は、殿様の「お側に仕えよ」というお触れに応えてお城に行くところだ、とこと細かに説明したかったが、誰かに見られているような気がして言葉を飲み込んだ。

「どうして教えてくれなかったの」

「……………」

「私、お城まで追っかけて行くからね」

「そりゃ駄目だよ。無駄なことはするなよ、もう顔を合わせることもないだろう。元気でな」

「私、絶対にお城に行く。絶対よ」

忍は自然と涙が溢れてきた。それも大粒の涙が。このまま永遠の別れになるように思えてならなかった。流れ落ちる涙を拭おうともせず、離れゆく藤蔵の背を目で追いながら、いつまでも立ちすくんでいた。


城主秀綱の居室に小姓山本数馬が入ってきた。

「殿、馬廻り隊の候補者六人、引見の間に全員揃いました。殿のお出ましをお待ちしております」

「そうか。すぐ参るとしよう。対面の場に奥の者も全員顔をみせよと伝えよ。菜七も顔を見知っていた方が何かと都合が良いであろう。それから六人の名を前もって知っておきたい。名簿を持ってまいれ。それから対面としよう」

秀綱は差し出された名簿を一人一人食い入るように目を通した。

「殿様の御成り」

数馬が引見の間の隅々までよく聞こえる透き通る声をあげた。その声を合図に若殿小四郎、奥方をはじめ控える小姓、女中十人が一斉に平伏した。

藤蔵ら六人の若者はあわてて正座に足を組み変え、額を畳にこすりつけるように深々と平伏した。上座から衣擦れの音がしたと思うと、すぐ重々しい声が響いた。

「余が小山秀綱じゃ。面《おもて》を上げよ」

顔を上げると、四十歳前の小太りの男が、居並ぶ少年一人一人を見回していた。

山本数馬が口を開いた。

「一人ずつ殿様にご挨拶申し上げよ。名前、出身地、応募理由を述べなさい」

応募者のうち、左端に座っていた長身の男が、

「黒本村の谷田貝瀬六と申します。十四歳になります。殿のお側近くでお仕えしたく参りました」

とはっきりした口調で申し上げた。すると殿様が、

「谷田貝民部殿を存じているか」

とお尋ねになった。

「私めは、その孫でございます」

「そうか、谷田貝民部は豪の者と聞いている。祖父の名に恥じないように励めよ」

次は藤蔵の番だった。藤蔵は頭がまっ白になり、何を言うべきかまとまらないうちに順番がきてしまった。

「横倉村の横倉藤蔵といいますだ。十五歳になります。白い飯を腹くちくなるほど食べてみたくてきましただ」

秀綱は一瞬顔をしかめたが、すぐに笑顔になり、菜七の方をみてニヤリと笑った。座は一瞬シラっと冷たい空気が走ったが、数馬がすばやく声をかけ、元の空気を取り戻した。

「次」

「水代村の船田又四郎」

「卒島村の大久保兵太」

などと順次名乗り謁見は終了した。

終了後も少年たちは興奮したままだった。

「殿様は俺の爺様のことを知っていて下さった」

「親爺をほめてくれた。何年も前のことだのに」

「親爺殿の刀傷を労《ねぎら》ってくれた」

それぞれが秀綱の部下を思いやる心遣い、いつまでも過去の功績を覚えていてくれる配慮に感極まった言辞を口にした。

次に馬廻り隊の任務や日常生活の心得などが細々と言い渡された。
・殿様が外出される時は、一時たりとはいえお側を離れてはならない。
・合戦の際には、殿様の下知に従って伝令、物見なんでもできるように日頃から訓練を怠ることのないように心掛けること。
・乗馬、剣術、槍術など武芸全般研鑽に努めること。
・軍学書全般精読すること。
などであった。

武芸の訓練は厳しかった。時に合戦を模しての馬上訓練は厳しく、組み合っての落馬は毎回のことで、すり傷が絶えず、その上互いに労りの言葉を掛け合うことさえ許されなかった。

数日後、秀綱は岩上大炊助を招き、馬廻り隊の現状を訊いた。

岩上氏は小山氏譜代の重臣で武芸、外交共に優れ、馬廻り隊の教育責任者に任じられている。

「若者達は元気に励んでおるかな」

「元気に頑張ってはおりますが、餓鬼《がき》の遊びの延長みたいで……。私めの教え方が悪いのかとも思っていますが」

「具体的にはどういうことだ」

「例えば刀剣の使い方でありますが、真剣の持ち方、構え方からして餓鬼の棒振りみたいで、人を斬る、斬るんだという気迫が感じられません。それでは猫一匹斬れぬと叱るのですが、いっこうに理解できぬようで」

「そうであるか。百姓の伜として育てられてきたのだから仕方あるまい。……そうだ、可能かどうか、上野国の上泉伊勢守信綱殿にお願いしてみよう。剣聖といわれる上泉殿だから、何か良い知恵を授けてくれるかも知れん」

秀綱は先の小田原城攻めの戦陣で、上野国大胡城（現前橋市）の城主で新陰流を創始し、剣聖と評判の高い上泉伊勢守信綱と面識を得た。二人は雑談を交わしながら、二人ともかつて関東の地で「新皇」と称して権勢を誇ったといわれる平将門を征討した藤原秀郷の末裔《まつえい》であることを明かし合った。さらに二人には、国衆といわれる小領主ながら、上杉、武田、北条という大国の抗争地となっている城主として、領土、領民を守り続けているという共通点があった。

これら大国に征服されることなく自立自営できる環境づくりに苦心惨憺《さんたん》していることなどを語り合った。こうしたことから意気投合した二人は、今後、情報交換を行うなど協力を誓い合った。

秀綱は、すぐに大炊助を大胡城に派遣して、伊勢守に剣術指南を依頼することにした。

「わしの親書を上泉殿へ届けてくれぬか。大胡城には上泉殿の剣術道場があると聞く。ついでに参考のため見学してまいるが良い」

と言い添えた。

翌早朝、大炊助は上野国へ出発した。

大炊助から秀綱の親書を受け取った上泉信綱は、大喜びで、

「秀綱殿は息災か」

などと尋ねた上で、即座に、

「半年間、高弟の神後宗治と供侍一人を小山殿に預けることにいたす。もっと長い期間お望みのようだが、当方にも都合がありましてな」

と希望に応える旨の返答をしてくれた。

その翌日、大炊助は神後宗治らと大胡城を後にした。

神後宗治の剣術指導は厳しかった。習うより慣れろ、教えられるより自ら習得せよ、との基本姿勢の下に、初めに新陰流の型を供侍に模範演技をさせたあと、各自、自分の体に沁み込ませるほど繰り返し繰り返し木刀を振らせるものだった。

訓練は徐々に実戦を摸した打太刀や槍の使い方、その対処方法、さらに騎上での戦闘方法など、多種多様な実戦訓練に向けたものへと進展していった。

馬上戦闘訓練では、使用する太刀の種類、具体的には刀の長さ、つまり全長何尺のものが使いやすいかを使い手の体格に合わせて指導していった。当時、馬上戦では鎧武者を斬り下げる必要があるため、三尺二寸五分（約一メートル）の大太刀が流行していたが、新陰流では三尺未満の刀身が扱い易いとされており、訓練生全員短めの刀身に変更された。

こうして馬廻り隊の若者たちは、またたくまに格段の腕となり、面がまえも不敵な戦闘集団へと変わっていった。

第三章

祇園城落城

上杉との決戦前夜

永禄四年（一五六一）六月、北条氏康は上杉謙信が越後に帰国したことを確認するや、直ちに謙信に攻略された武蔵国の諸城の奪還、回復にとりかかった。

一方、謙信は北条氏の動きを危惧しつつも、休む間もなく宿敵武田信玄との合戦準備に追われるという慌《あわ》ただしさであった。

謙信と信玄は、天文二十二年（一五五三）から永禄八年（一五六五）までの十二年間に五度も川中島（長野県）で戦い、その中でも最大の激戦といわれる第四次川中島の戦いは、この年の九月に戦われている。

この合戦は上杉軍一万三千人、武田軍二万人余が激突、血で血を洗う大激戦を展開し、その結果、両軍ともに未曾有の死傷者を出した。武田方では信玄の実弟武田信繁、両角虎貞ら有力武将をはじめ約八千人（関白近衛前久書状）が戦死、一方、上杉勢では三千人（清水寺成就院信玄書状）が討死したという。

謙信は第四次川中島大会戦後、兵馬を休ませる間もない同年十一月中旬には、またもや越山、上野国に進出してきた。今回の越山は北条方に寝返った大名、国衆への威圧を主目的としつつも、内実は兵馬共に食糧不足に陥り、上野国の領民から簒奪《さんだつ》しなければ凌《しの》げない緊急事態にあったという。

一方、武田信玄は川中島大会戦での傷が癒《い》えたとして、上野国甘楽郡高田城や国峰城を同年十一月に攻略している。さらに永禄六年（一五六三）には北条氏康と呼応して武蔵国に乱入し、松山城を陥落させるなど上杉系列の諸城を攻めたてた。

武田家孫子の大旗（風林火山の旗）

このように関東の各地では、謙信が去ると、北条、武田が勢いを盛り返すという〝いたちごっこ〟を思わせる勢力争いを繰り返していた。

謙信は、松山城が北条・武田連合軍に包囲、落城させられたと知るや烈火のごとく怒り、ただちに出陣して松山城を包囲した。松山城が頑強に抵抗してきたため、容易に開城しないとみた謙信は騎西城など周辺の北条方城砦を攻撃、開城させた。まるで憂さ晴しをするような戦闘を繰り拡げた。その煽《あお》りを受けて、忍城の成田氏長はふたたび謙信幕下に身を置くことになった。

次に謙信は小山秀綱に矛先を向けてきた。先の小田原城攻めに際し、率先して臣従してきた秀綱を愛《め》で、古河公方に略奪されていた小山氏の南部領を返還するよう働きかけてやった恩を忘れたのか、との思いがあったとみられる。

謙信の怒りはかなり根深いようで、

「小山秀綱はわしの恩を仇で返すとは何ごとぞ」

「忍城の成田と組んで北条へと寝返るとは恩知らずめが」

と側近の者へ言葉に出してまで罵《ののし》っていた。

翌年の永禄五年（一五六二）十一月、秀綱は〝謙信越山〟の報に接し、謙信の目的はまず我が小山にあり、次いで下野国の反謙信勢力の掃討にあると読み、その対策に苦慮した。しかし、格段に戦力の差がある小山に効果的な良策はあるはずがなかった。

ただ当面できうる緊急策を講じるのみで、誰でも考えうる平凡な代物《しろもの》にすぎないがやらないよりはまし、という策であった。それは、北条氏に救援依頼の使者を送り、次に重臣会議を招集し、対上杉の作戦を策定し戦闘態勢を構築することであった。

菜七は疲労が重なり、沈痛な面持ちが続く秀綱の姿が労《いたわ》しく思えてならず、

「殿は謙信、氏康と同時代にお生まれになり、なんて不幸な星の下にお生まれになったのであろうか」

「小山はどうして上杉や北条より強くなれないのだろう。少しでも肩代わりできるものがあるならば代わってあげたい」

と思いつつ、そっと寄り添って見守るだけの自分が嘆かわしかった。そしてできることは日常生活を明るく楽しそうに振るまって、城内の沈滞した空気を少しでも拭い去ることだと思い至った。

しかし情勢が情勢であるだけに、菜七が明るく振るまえば振るまうほど周囲から浮いた感じになり、孤独感に苛《さいな》まれることになった。そして一人になったとき、

「上杉謙信の馬鹿野郎。死んじまえ」

と、大声で叫んでいる自分を知ることになった。

「殿様が五十年早くお生まれになっていたら、謙信やら氏康ら好戦者の奇人と相目見《まみ》えることもなく、こんな苦労をせずにすんだのに」

こうして菜七は、秀綱の運の悪さを呪わずにいられなかった。菜七の目には、秀綱は近隣の諸将と比べて、武勇にはやや劣る面があるかもしれないが、知謀には抜きん出た才能があると映っている。領主としては領民の人望を集めていて、下々の兵卒まで行き届いた配慮をしている。また小山領内は治安がよいところと評価も得ている。こんなに頑張っている殿様が、どうして苦しまなければならないのか、神様に問い糺《ただ》したい思いだった。

重臣会議は人目にふれないように秘匿《ひとく》するための配慮から、秀綱の居室で行われた。出席者は、渉外担当家老の妹尾甲斐守、侍大将粟宮長門守ら八人である。

会議では、秀綱が切羽詰まった表情で、

「謙信は八千人の大部隊を率いて十一月初旬に居城春日山城を発ち、まもなく越山、上野国に侵入してくるだろう。この小山へ進撃してくるのは時間の問題だ」

と述べ、次いで親戚筆頭の小山大膳が情勢説明をした。

「謙信が関東に出兵してくる時期をよくよく調べてみると、じつに一定している。初冬に越山してきて、関東で年を越し、翌年春に越後に引き揚げていく。今回も同じだろう。雪が降り積もって身動きできない間に関東に出兵してきて、関東で合戦を行い、征服地つまり版図を拡大していく。同時に戦場周辺で兵馬の食糧を確保・掠奪する訳だ。合戦に多くの子弟が動員されるため、これら子弟の食糧を関東で調達する分、越後の領民の負担が少なくてすむ計算になる」

ここで大膳はひと息つき、ぐるりと皆の顔を見回し、低い声で話をつづけた。

「謙信の今回の越山は、我々小山を標的にしているとみえる。表向きの理由は、小山は謙信の力によって古河公方の御料地となっていた間々田など南西部の領地を取り戻してもらったにも拘わらず、その恩義を忘れて裏切り、北条方に通じている。その懲罰だという。しかし、意図するところは別にあるようだ。越後本国は折からの天候不順で大飢饉に陥っているといわれる。餓死者も少なからず出ていると聞く。謙信は数次にわたる関東遠征で、我が小山の豊かに稔った田畑をみて、食糧を収奪する計画に思い至ったものと思われる」

次いで秀綱が、当面の緊急措置として、北条氏へ救援依頼の早馬を出したことを伝えた。すると岩上大炊守が発言を求め、激しい口調で訴えた。

「北条は頼りにならない。先の謙信の小田原城攻めをみれば明らかだ。殿の支援要請を受けても握り潰すか、準備が整い次第出陣するという返事くらいで、我が小山の危機を見て見ぬ振りをするだろう」

それを聞くと、穏健派といわれる細井左京亮が、すかさず妥協案を出してきた。

「北条にはいままで通り臣従の礼をとりつつ友好関係を維持し、上杉には内々与《くみ》みすることを伝え、結果的に中立的態度を示そう。そうすれば双方から攻撃を受けることはないだろう」

この左京亮ののんびりした発言に、たまらず岩上が口を挟んだ。

「現状はそんな甘っちょろいものではない。双方とも敵に回しかねない」

岩上の発言を機に、参加者がそれぞれ発言した。

「我が小山は上杉、北条と比べればごくごく小国にすぎない。小国ゆえの小国のしたたかに生き抜く名案を考え出そう」

「どちらにも与しない中立を表明したらどうだろう。さすれば領民は戦闘に巻き込まれることなく大歓迎だろう」

「そんな曖昧なことで上杉が許すはずがない」

など多くの意見が出たが、小山氏としての意見の一致をみることはできなかった。沈黙が続くようになったそのとき、秀綱は小山氏としての意を決する時と受け止め、

「我が小山家には多くの勇猛な家臣がいる。加えてここに居並ぶおのおの方の知謀をもってすれば、上杉恐れるに足らずと考える。個々の兵馬を比ぶれば勝るとも劣りはしない。まして越後勢は遠征につぐ遠征で兵馬ともに疲労困憊《こんぱい》と思われる。よって今干戈《がんか》を交えれば遜色はない」

と士気を鼓舞する言葉で締め括った。こうして秀綱は、上杉勢と武力衝突する、一戦交えることで家中を意志統一した。

上杉勢は、騎西城を落とした後、勢いにのって奥大道を北上、祇園城へと攻め寄せてくるものと見込まれた。

秀綱は上杉軍との合戦を黙想した。

上杉軍は宇都宮勢、佐竹勢を叫合し、万余の大軍でもって押し寄せてくるだろう。迎え撃つ我が軍はたった二千人弱の少数である。野戦では地の利があるとはいえ、明らか

に文字通りの衆寡敵せず敗北してしまうだろう。よって鷲城を前線基地として鷲城に立て籠もり、合戦の長期化を図らねばならない。

鷲城の守備部隊に粟宮長門守を充てよう。彼が頑張ってくれているうちに、北条軍が駆けつけてくれるように祈るしかあるまい。

忍の決意

祇園城の内外ともに慌《あわ》ただしく合戦準備に追われているある日、大手門付近から城内を覗《のぞ》き込むようなしぐさをする挙動不審な一人の百姓娘姿があった。

そこへ、供侍と数人の女中に守られるようにして、姫様のように美しく着飾った女性が城門を通り抜けようとしていた。すると、その百姓娘姿の女が、

「お願いでございます」

大きな声をはり上げながら、馬上の女性にすがりつくように駆け寄ってきた。馬上の美しい女性は菜七であった。菜七は、

「止まれ」

澄んだ声で行列を止めると、

「何でしょうか。何のご用ですか」

とやさしく娘に声をかけた。

「私は横倉村の百姓善作の娘で忍と申します。奥方様にお願いがあってまいりました。ぜひ私めを端女《はしため》として使っていただきとうございます。私は御馬廻り衆横倉藤蔵の許嫁でございます」

声が震え、しどろもどろであったが、聞く者には理解できた。忍は両手を地面にこすりつけながら、顔面をひきつらせて必死の形相で懇願した。その時は既に警固の武士に両肩を押さえつけられ、身動きできない状態にされていた。すると菜七は、

「その娘の持ち物をよく調べた上で奥の庭に通しなさい」

命令口調で供侍に伝え、城内に入って行ってしまった。

奥庭に通された忍は、手入れの行き届いた箒目のある美しい庭園に目を奪われ、ただキョロキョロと周囲を見回すのみで、これから何が起きるのかと思い巡らす余裕さえ失っていた。

しばらくして、菜七が現れ、濡れ縁に腰を下ろし、慈愛に満ちた面持《おもも》ちで語りかけた。

「そなたは嘘を言いましたね。藤蔵の許嫁者であると。藤蔵にたずねましたら、幼馴染《なじ》みで忍という娘は知っているが、許嫁者ではない、と言っておるが」

「はい。偽りを申し上げました」

「どうして嘘を言いやったのですか」

「はい。そう申し上げないと、私の申し上げたいことを奥方様に聞いていただけない、と勝手に思いまして咄嗟《とっさ》に嘘をついてしまったのです。申し訳ありませんでした」

「それはどういう訳ですか」

「何もかも申し上げてよろしいですか」

「何を言っても構わないですよ」

「では申し上げます。近く上杉様と合戦が始まると聞きました。藤蔵さんはお殿様の供人として合戦に行かれるはずと思いました。そうすると、もしかすると藤蔵さんの姿を見ることができなくなるのではと思い、見送るには殿様の御出陣をお見送りなさる奥方様のお側に仕えることが一番確実と考えたからでございます」

忍は顔いっぱいに大粒の涙を流しながら、必死の形相で訴えた。

じっと目をそらさずに忍を見詰めていた菜七は、侍女の栞《しおり》に、

「着替えさせて私の居間に通しておくように」

と指図してたち去った。栞は忍より一つか二つ年長の美しい肉付きの良い娘である。

その栞が忍の手をとって、

「よかったね。奥方様は貴女をお気に召したようですよ。これからは仲良くよろしくね」

と共に喜んでくれた。

その日の夕方、忍専用の部屋として宛《あて》がわれた納戸で身の周りのものを整理している
と、奥方様からお呼びがかかり、二人だけの面談となった。

菜七は忍の出生にまつわること、父母兄弟の有無、日常の暮らし向きなど生活全般に
ついて訊いたあと、

「越後上杉軍との合戦について、村人達はどう思っていますか」

と、現在、小山氏の喫緊の大問題、誰もが関心を寄せている問題を訊いてきた。菜七
は忍が口籠もっていると、すかさず念を押した。

「何を言っても構いませんよ。私は領民の本当の心が知りたいのです」

忍は菜七の言葉に従い、本当のことを飾ることなく、耳にしていること全てを話そう
と思い一気に話し始めた。

「小山は勝てっこない。また負ける。どうして負けると分かっているのに戦うのか。負け戦の次は越後勢の乱暴狼藉《ろうぜき》だ。長屋に隠してある米や麦は一粒残らず持っていかれるだろう。年若い女や子供は人攫《さら》いに連れ去られてしまうだろう。その対策を何とか立てなければならないなどとささやき合っています」

「そうですか。殿様はじめ主だった方々は、まず戦いに勝とうといろいろと策をたて、そのための努力をしています。万が一のとき、領民の皆さんに少しでも被害が及ばないようにと心を痛めています。ところで忍は針仕事ができますか」

「はい。上手ではないですが」

「それは良かった。明日から毎朝私に顔をみせて下さい。私の都合の良い時に針仕事を手伝って欲しいのです。よろしいですか」

「はい、分かりました」

忍は退室すると心が軽くなってきた。思っていることをはっきり言えて、それも奥方様にだ、と。その上、明日から何をするのか分からないけれど針仕事ができる。うれしくなって今日はなんて良い日なんだろう、と心の中で何回も何回も繰り返した。

お城を尋ねる前のあの不安、踏みとどまろうと何回も躊躇《ちゅうちょ》した時の気持はなんだったんだろう。そして城の中に入れば藤蔵さんに会えるだろうし、何もかも想像以上にうまく事が運んでいる。これは本当のことなんだろうか。夢でないのなら何なんだろうと、かえって不安にさえなってきた。

燃え上がる城下

越後勢は強かった。小山軍の前線基地鷲城は、上杉軍の先鋒《せんぽう》柿崎軍一千人の部隊にわずか半日の戦闘で攻め落とされた。

刀八毘沙門の旗

上杉軍の強さは、謙信自ら自身を「仏を守る武神、毘沙門天の化身」と信じ、家臣に「戦場で生きようと思えば死に、死を覚悟でのぞめば生きて帰れる」と教え、勇猛勇敢な軍隊に作りあげたことによる。

鷲城守備隊長の粟宮大和守は、敵に囲まれそうになったものの、手馴れた六尺鉄棒を振り回しながら包囲網を突破し、命からがら祇園城に逃げ込んできた。

「越後勢は、鉄砲で我が軍を混乱させ、次に槍衾《やりぶすま》でもって襲いかかってきた。鉄砲で浮き足だった我が軍は支えきれず、みるみるうちに打ち破られてしまった。申し訳ない」

報告を聞いた秀綱はただ一言、

「ご苦労」

とだけ声をかけたのみで、沈痛な面持ちで鷲城の方向を見据えたまま動こうとしなかった。

秀綱は側に控える小姓山本数馬に命じた。

「来るべきものが来たようだ。力の限り戦い、運は天に委ねよう。越後勢は夜襲を仕掛けてこないだろう。皆の者にしっかり腹ごしらえをして仮眠せよ、と申し伝えよ。女、子供は一人残らず城から退出させよ」

さらに秀綱は続けた。

「越後は長雨で稲が育たず、凶作・飢饉であると聞く。領民は飢えた越後兵に米麦を強奪されるだろう。女は掠奪されるであろう。領民にはぬかりないように身の避難、米麦の隠匿《いんとく》をさせているだろうか」

小山大膳がすばやく答える。

「殿、お気使いなされますな。女子供の安全、食料の確保には万全をつくせ、と再三にわたり布令を出してあります。ご心配なく」

「うむ。越後兵は今夕にも城を包囲するだろう。戦う準備は調《ととの》っているか。北条氏照殿から何か連絡はあったか。北条からの援軍はまだこないか。もしなければ……」

「殿、この期《ご》に及んで愚痴っても致し方あるまいと存じる」

と大膳が遮《さえぎ》る。伝令が駆足でやってきた。

「敵が押し寄せてきました」

「城を包み込む作戦の様子」

打って出て一戦交えようと大鎧を身にまとった秀綱の武者姿は威風堂々たるものであった。

秀綱が大手門付近に目をやると、包囲軍のほぼ中央に白地に「毘」と一文字のみが書かれた大きな幟《のぼり》が翻っている。謙信が居座《いすわ》る本陣であろうと容易に察しられた。

秀綱は暫時越後兵の動静をにらんでいたが、

「越後勢は、今日は包囲するだけで夜襲はないと見える。夜営の仕度にとりかかっていることで明らかだ。そのうち夕餉《ゆうげ》の準備をはじめるだろう」

一呼吸おいてから、ニヤリと笑みを浮かべながら、

「籠城戦は堅く守って撃って出ないのが鉄則だが、越後勢に一泡ふかせてやりたくなった」

と言うが早いか馬に飛び乗り、城門に向かって鞭をあてた。

後に控えていた藤蔵ら馬廻り組、岩上、小山の両部隊は慌ただしく隊列を整え秀綱の後を追った。

城門の前で馬を止めると、秀綱は、

「いざ出陣、開門」

大声をはり上げながら軍配を振り上げた。城門が開かれ、秀綱を先頭にした集団は堀橋を渡り敵陣に突っ込んだ。

夕餉の仕度をしていた敵は一瞬驚き五～六間後ずさりしたが、二陣として備えていた弓隊がすばやく、そして一斉に矢を放ったため、小山軍の先頭集団二～三人がバタバタと倒れた。秀綱も例外ではなく、馬を射られてドサッと音を立てて落馬した。岩上大炊助が大声で、

「大将を討たすな、助けよ」

と怒鳴り、同時に引き鉦を鳴らさせ、城外に出たばかりの兵を引き揚げさせた。

秀綱は馬廻り組の武士に引き摺《ず》られるように引っぱられ、城内に収容された。

秀綱に怪我はなく、立ち上がるとニヤリと笑みを浮かべ、

「敵は思いの外やるもんだ」

と強がりを吐き、余裕の仕草をみせた。

大将が戦闘開始早々、敵兵に乗馬を射抜かれ落馬するという突発事故が起き、小山勢が城内に引き揚げたため、再び小康状態に戻った。

夕闇が降り、周囲が暗くなってきたとき、

「御注進、御注進」

藤蔵が飛ぶような勢いで走ってきた。

「殿、街に火の手が上がっています。それも二〜三か所どころではありません。あちこちの長屋、商家から火の手が上がり、火災がおきています」

窓外を見ると、城を囲むように軒を並べていた街並みが、遠く離れている泉崎、土塔地区の民家からも火の手が上がっており、燃え拡がる黒煙はゴオーゴオーと不気味な音をたてていた。

越後兵が領民の蔵や物置小屋から穀物や金目の物を奪い取り、蛻《もぬけ》の殻となった家屋に放火するという乱暴狼藉《らんぼうろうぜき》を働いていることは明白だった。

秀綱はへなへなと腰砕けとなり、なかなか立ち上がれなかった。

「領主としてやってはいけないことをしてしまった」

「何の咎《とが》めもない領民に塗炭《とたん》の苦しみを与えてしまった」

このような自責の念が秀綱の闘う気力を奪ってしまった。

翌早朝、戦意をなくした秀綱は降伏、恭順の意を表す使者を出した。開かれた城門から謙信の老臣直江実綱が五百人の武者を引き連れて入城してきた。以後、祇園城は上杉謙信の支配下に置かれることになった。

高綱、越後へ人質に

上杉側は和睦の条件に、次の四項目を提示してきた。

一　米蔵に保管の米麦の供出

二　秣《まぐさ》の没収
三　秀綱の子を含む人質三人
四　上杉家への絶対的臣従

どれをとっても、秀綱にとっては耐え難き要求であるが、領土が安堵され、家名を存続できることを救いとして受け入れることにした。

また、和睦交渉以上に秀綱を責め、苦しめたのは、城外に拡がる焼野原と化した領民の住居群である。

「領民はわしの指図に従ってついてきてくれただけなのに、今日住む家を焼かれ路頭に迷うことになってしまった」

「北条の援護をたのみ、身の程を考えずに上杉に叛《そむ》いたのは馬鹿だった」

「わしの過ちが、領民に斯様な大きな苦しみを与えてしまった」

これら後悔の念は、時がたつにつれて大きくなり秀綱の胸を痛め付けてきた。

側に侍している菜七は、右往左往することなく明日からの小山に思いはせているのか、黒煙をあげ燻《くすぶ》り続けている焼け野原となった城下をいつまでもじっと見詰めていた。

直江実綱との交渉役は今年不惑の年を迎えた細井左京亮である。細井は小山氏の拶外担当として、これまでも戦の後始末を何度となく任されてきた男である。

細井は人質として八歳になる小四郎を提案した。しかし、直江は承服しない。

「小四郎殿は側女の子、庶子ではないか、嫡子を差し出されよ」

細井も負けずに突っぱねた。

「小四郎という名をとくと考え下され。小山氏は代々嫡子に小四郎と命名し、小山氏の正当な相続人、後継者として内外に明らかにしてきた。妾腹であろうがなかろうが、わが小山にとっては大切な嫡子である」

正妻である菜七が嫡子を出産するまでと言って、上杉が駐留し続けることを拒否したのである。直江もやむなしと思ったのか、しぶしぶ合意した。

また、上杉軍は蔵米をほとんど持ち去り、米蔵は空となっていた。

人質の小四郎（後の高綱、以後高綱と記す）と供侍一人の引き渡しは明日と決定した。上杉軍は帰国を急いでいるらしく、あわただしく取り決められた。

高綱との別れの盃は、秀綱の居室で簡単に取り急ぎ行われた。

高綱は、幼い八歳の少年であるが、昨夜、側役から身の処し方の指導を受けたのか、覚悟ができているような平静さを装っていた。しかし、母親のお信は目を真っ赤に腫らし、しきりに涙を拭い、今生の別れのように泣き崩れていた。秀綱は高綱をじっと見据えながら、

「謙信殿は毘沙門天の化身であると称し、稀《まれ》にみる戦上手である。謙信殿の日常生活をよく観察し、戦上手がどこから生まれるのか、采配ぶりをよく学び、帰国後は小山の再建に役立てて欲しい。越後での生活は厳しいものとなるだろうが、体をよく厭《いと》い、元気に暮らせ」

と慈愛に満ちた口調で激励の言葉を贈った。

「父上様、ひとつお聞きします。小四郎は、小四郎はこの小山家から捨てられるのでしょうか」

高綱の小さな体が小刻みに震えている。秀綱は思わず目を背けた。人質とは自分自身経験がないことであり、昨日まで敵国であったところに連れていかれ、どんな仕打ちをされるのか分からない。分からないことだらけである。そして敵に囲まれながら生活するということが想像を絶する残酷な措置に思えてならない。

「決して捨てる訳ではない。なんぞこの父がそのようなことをするものか。越後では勉

学に勤《いそ》しみ、立派な大将となって戻ってくることを願っている」

秀綱はこれだけ言うのが断腸の思いだった。次に言うべき言葉がみつからない。高綱の目から大粒の涙が一つ二つと落ちた。するとこれまで必死に耐えてきた涙の閂《かんぬき》がはずれたのか、とめどもなくポタポタと落ちてきた。

しばらくして秀綱は小姓に目配せして、大きな黒塗りの鎧櫃《よろいびつ》を高綱の目前に置かせた。

「小四郎開けて見よ」

高綱が訝《いぶか》しそうに、そっと開けて覗《のぞ》くと、

「あっ」

と驚きの声をあげた。思いもよらぬ真新しい鎧であった。

「その鎧は勝色縅《かついろおどし》の鎧である。藍の糸で仕立てたもので、縁起のよい鎧といわれている。奥がそちにぜひ差し上げたいと丹誠込めて作りあげたものである。毎日夜鍋して作り、昨夜は一睡もせずに作り上げたようだ。越後で出陣する機会を得たならば、この鎧をまとってひと暴れして欲しい。なお、勝色縅の鎧はわが小山家初代小山政光様が愛用したといわれ、小山家代々の当主が愛用していると伝えられている縁起ものとされている。大切にいたせよ」

「奥方様ご自身の手でお作り下さったのですか。もったいないことです」

感慨深くおし戴いた。

翌日、高綱が人質として小山を去る日、高綱は勝色縅の鎧を身にまとい、菜七の部屋を訪れた。

「母上、立派な鎧ありがとうございます。着てみました。小四郎に似合いますか」

「おお、よくお似合いだこと。鎧が小さくなりましたら、すぐに文をお寄せなされ、すぐに新調するほどに。この鎧は、忍をはじめ奥女中全員で作り上げたものです。奥女中一人ひとりの汗が滲み込んでいます。特に忍は毎日のように寝る時間を割いてまで編んでくれました」

そう話したあと、菜七は声を低めた。

「もう少し近こう寄って下されｌ」

手招きし、手の届く距離まで近づくと、菜七は両手を大きく拡げてしっかりと抱きしめてきた。

「母と呼んでくれましたね。越後は遠くて寒いところと聞いています。まだ少年のそなたが越後へと……。お労しい。くれぐれもお体には気をつけて下され。特に生水、生食には」

途中から涙声に変わり、なかなか放そうとしない。高綱が菜七の顔をそっとのぞき見すると、顔中涙だらけになっている。

高綱には菜七の胸元から伝わる温もりが、昨晩かみしめたお信の温もりと同様に心地良く感じられ「わたしには紛れもなく母親が二人いる」と実感され、嬉しかった。

そして菜七の部屋から足を踏み出すが早いか、菜七の愛情が高綱の萎《な》えた胸に火を点けたのか、

「よーし、俺はやるぞ。越後の者なんかに負けんぞ」

と大声で叫んでいた。

城門が開き百人の武者が出て行った。

行列の中央には、まだあどけなさの残る顔立ちの少年が馬の背に揺られながら、後ろを振り返り振り返り城外に出て行った。祇園城の覗き窓という窓からは、城中の武士、女中など全員が手を振り、白布を振って見送っていた。しかし、城主夫妻の姿はなかった。

上杉と北条の狭間で

上杉謙信が関東から立ち去ると、首を引っ込めていた北条が蠢《うごめ》きはじめ、関東各地の大名、国衆は上杉を選ぶのか、北条と誼《よしみ》を結ぶのか、去就を迫られることになった。上杉、北条、ともに力の信奉者である。絶対的な力を持つ支配者の不在、つまり〝力の空白地域〟には躊躇《ちゅうちょ》なく土足で入り込むのが彼らの常道である。

上杉の関東侵入と北条の巻き返しが繰り返されるたびに、小山氏をはじめとする関東各地の国衆は、そのつど家名の存続を図るために、「今日は上杉、明日は北条」と揶揄《やゆ》されようとも〝立つ位置〟を変えざるを得なかった。

永禄六年（一五六三）四月に謙信に降伏した秀綱は、荒廃した人心と領土の復興・回復にむけ、先頭に立って体力を要する仕事も厭わず、領民に混じって働いた。

こうした小山氏の窮乏状況を嗅《か》ぎ付け北条氏康は小山氏への圧力を強め、永禄七年二月には上杉からの離間を強要してきた。

この頃の小山氏は、秀綱にとってその生涯を通して最も苦難な時代といえる。

先の謙信との合戦・敗北は想像以上に大きな被害を受けていた。領民は住む家を焼かれ、今日食うべき米麦もなく、その上年少者や女子の多くが連れ去られ、悪徳商人に売り飛ばされた。領民は生きていく希望を失い、生きる屍《しかばね》と化したように活気がなくなってしまっていた。そうした状況であったので、領主秀綱への非難の声は日々高まっていた。

秀綱は手を拱《こまね》いていたわけではなく、恥を捨て辞を低くして隣国へ借米を申し入れたりしていた。特に結城氏へは、領主結城晴朝が実弟である関係から大きな援助を期待したが、期待通りの援助が得られず、その場凌《しの》ぎにとどまった。

こうした窮乏から脱するために、秀綱はまたもや北条からの援助を乞うことにした。

北条氏との誼を復活することによって、北条氏からの援助を受けられることになるが、実際は臣従する意であった。

家中の者の中には、

「まるで風見鶏ではないか」

と秀綱の措置を非難する者がいたが、背に腹はかえられなかった。

しかし、対上杉に関しては、

「上杉の人質となっている小四郎様を捨てられるのか」

「小四郎様を奪還する手立てはあるのか」

などという声にはどうすることもできず、ただ疲労感が積もるのみだった。

永禄八年（一五六五）二月、秀綱は武田信玄が上野国に侵攻し、謙信の上野国の拠点箕輪城、惣社城（現前橋市）の攻略を開始したとの情報に接し、謙信が越山するものとみて、高綱の身の安泰を期して、謙信支援の旗を掲げた。

謙信は信玄にとって奪われた惣社城などをすばやく回復した後、翌五月に帰還している。こうした迅速な対応は驚きをもって近隣に伝わり、関東の大名・国衆の信頼を再び勝ち取ることとなった。

反対に、敵から攻撃を受けている味方を救援に向かわず見殺しにする北条氏康は、頼みにならずとして袂《たもと》を分けた忍城の成田氏の例もみられた。しかし、氏康から永禄四年に跡目を継いだ北条第四代当主北条氏政は、果敢に兵を動かす大将で貪欲に版図を拡大していく野心家であった。

今回も謙信が関東を去ると、素早く兵を動かし、小山に攻め入ろうとする姿勢をみせてきた。秀綱は領国内が疲弊していて、戦闘能力なしとみて、ただちに恭順の意を表し、氏政の「秀綱と血縁のある少年二人を人質として差し出せ」という苛酷な要求にも応じてその場を乗り切った。

政種、秀広の誕生

月日の経過とともに、領民の暮らしは改善され、貧しいながらも働けばよりよい生活ができるという淡い希望が生まれ、各郷村に活気がみられるようになってきた。

祇園城に久し振りに平穏な日々が流れていた。

小山氏は上杉方に付いたり、北条方と誼を結ぶなど、風見鶏的な節操のない姿勢をとっていた。それは自力では独立を保てない悲しい運命で、生き抜くための、小山家を存続させるための外交手段であった。秀綱にとっては綱渡りの、一歩踏み違えれば小山家滅亡となる危険性を孕《はら》んだ真剣勝負の連続であった。

秀綱は暗い話ばかりが続く小山氏を建て直す一手段として、永禄九年（一五六六）十月、小山庄稲葉郷の百々塚《どどつか》（現土塔）にある興法寺の阿弥陀座像がひどく傷んだまま放置されているのを知り、小山氏繁栄の祈りを込めて補修を行った。銘文には、

当家ノ繁栄朝日ノ雲ヲ離ルルガ如ク
草木雨ヲ得ルコト必セリ

と小山氏繁栄の祈願がこめられている。落慶供養に合わせて、秀綱は信仰心の厚さを内外に知らしめるため出家して孝山と号した。

こうした信仰心の厚さが功を奏したのか、菜七が元気な男の子を出産した。伊勢千代丸（後の政種）と命名された。正妻菜七の子供であるにも拘わらず、小四郎という小山氏の嗣子を表す名でないことに、菜七や周囲の者には不満が残った。しかし、上杉家に人質として送られている高綱が、当時はまだ小四郎を名乗っているため無理なことだった。

越後で人質生活を送っている高綱は順調に成長し、謙信に特別可愛がられているという。その後、謙信が烏帽子親となって元服し、名を小山高綱に改めた。

菜七出産の報は小山氏全体の喜びとなり、領内いたるところで祝賀太鼓が鳴り響き、久しく耳にしたことのなかった歓喜の声が響きわたった。

菜七は引き続き翌年、第二子梅犬丸（後の秀広）を出産した。

この頃、謙信は上洛の地歩を築くため、兵力を越中（現富山県）や加賀・能登（現石川県）方面へ差し向け、謙信の西上を拒む武装集団と化している一向宗門徒衆や七尾城主畠山氏らと対立、戦闘状態にあり苦戦を強いられていた。

そのため手薄になった関東の地に、より多くの信頼できる与力を必要としていた。その有力候補として小山秀綱が選ばれた。小山氏を関東の橋頭堡《きょうとうほ》とするために、人質として手許にある小山高綱を送り帰すことで信頼感を高め、その見返りに事実上の臣従契約を結ぶことを求めてきた。

使者として小山に姿をみせた直江実綱は、秀綱に軍備増強の必要性を強調した後に、

「小山氏の軍備強化は順調ですか」

と問いかけてきた。

秀綱は痛いところを突かれた思いで、正直に答えた。

「ご覧のとおり、この祇園城は裸城と言ってもいいくらいな無防備な城である。今敵に攻め込まれたなら抗《あらが》うすべがないような状態だ」

少々間を置いて、実綱が口を開いた。

「謙信公は高綱殿の秀れた才知を見い出し、将来立派な大将となる器と大変愛《め》でておられ、このまま成長すれば小山氏の隆盛は間違いないと常々言っておられた」

「ほう……。謙信公がそのようにおおせられた。もったいないお言葉でございます」

「そこで謙信公は、高綱殿が大変興味を持っている鉄砲を十丁お土産《みやげ》として下された。まさに破格の扱いである。小山軍の再建に役立たせて戴きたい」

「大変高価なものを忝《かたじけ》ない。ご好意を無にせず、上杉家の与力として充分役立つ強国をつくり上げる所存である」

秀綱は喉から手が出るほど欲しかった鉄砲を、それも十丁も譲ってくれるとは夢のような心持ちであった。謙信の温かい配慮に言葉が詰まった。

秀綱、菜七領主夫妻は、越後から戻った高綱が挨拶にきたとき、一瞬、別人ではないかと我が目を疑った。肩幅ががっしりとして体全体が骨太となり、背丈が二尺（約六〇センチメートル）以上も伸び、たくましい男子に成長していた。それ故に越後での生活・苦労が並のものではなかったと推察された。

領主夫妻は、

「よく無事に勤めあげられた。さぞや辛かったであろう、元気でなにより」

「当面、手足を伸ばしてゆっくり休むがよい」

などと型通りの言葉しか浮かばず、自分自身がもどかしく感じた。特に菜七は、もっと多くの優しい言葉をかけてやらねばと思いつつも感情が先走り、適切な言葉を発せられない自分が情けなくなった。

こんな思いを振り切るように菜七の側に控える忍に向かって、

「馬廻り役の藤蔵殿を案内してきて下され」

と指示した。忍は藤蔵の名を聞いただけでパッと顔を赤らめ、

「かしこまりました」

と言うのがやっとの様子であった。

忍が顔を赤らめる理由を知っている領主夫妻は、いつまでもあどけなさが抜けない忍を可愛く思った。

秀綱は藤蔵に向かって、高綱、菜七、忍が控える前で、正座に座《すわ》り直し、

「横倉藤蔵、そちをただ今から高綱の守役《もりやく》に任ずる」

と新任務を与えた上で命じた。

「高綱を馬廻り隊の隊長とする。藤蔵は副隊長として高綱を補佐せよ。二人合力して強

力な馬廻り隊を作り上げよ」

さらに藤蔵に対し、

「横倉郷を宛がう」

と領地宛行状《あてがい》を手交した。

「横倉郷の領主様になったのだから、嫁がいなくては様になるまい。奥女中の忍を嫁に迎えよ」

半《なか》ば命令口調で言い渡した。藤蔵は照れ笑いを浮かべながら、

「ご配慮ありがとうございます」

と深く拝謝した。

第四章

北条との激戦つづく

高綱、北条軍を撃破

秀綱の父・榎本城主小山高朝が天正元年（一五七三）十二月晦日、六十七歳で死去した。

高朝は隣国結城氏から小山氏に入嗣した領主である。祇園城主として小山氏一族・家臣団を率いて、隣国との勢力争いに明け暮れた武将であった。高朝は合戦を重ねる中で、小山氏の勢力拡大に努め、優れた戦略家であったといわれる。

祇園城主の座を秀綱に譲った後も、小山氏の最も重要な属城である榎本城主を任され、小山氏の屋台骨を支えてきた。

高朝の後任城主には高綱が充てられた。新城主高綱は隣国皆川氏などとのたび重なる小競り合いにおいて、謙信公直伝の巧みな戦術を駆使して勝利を重ね榎本城を守り抜い

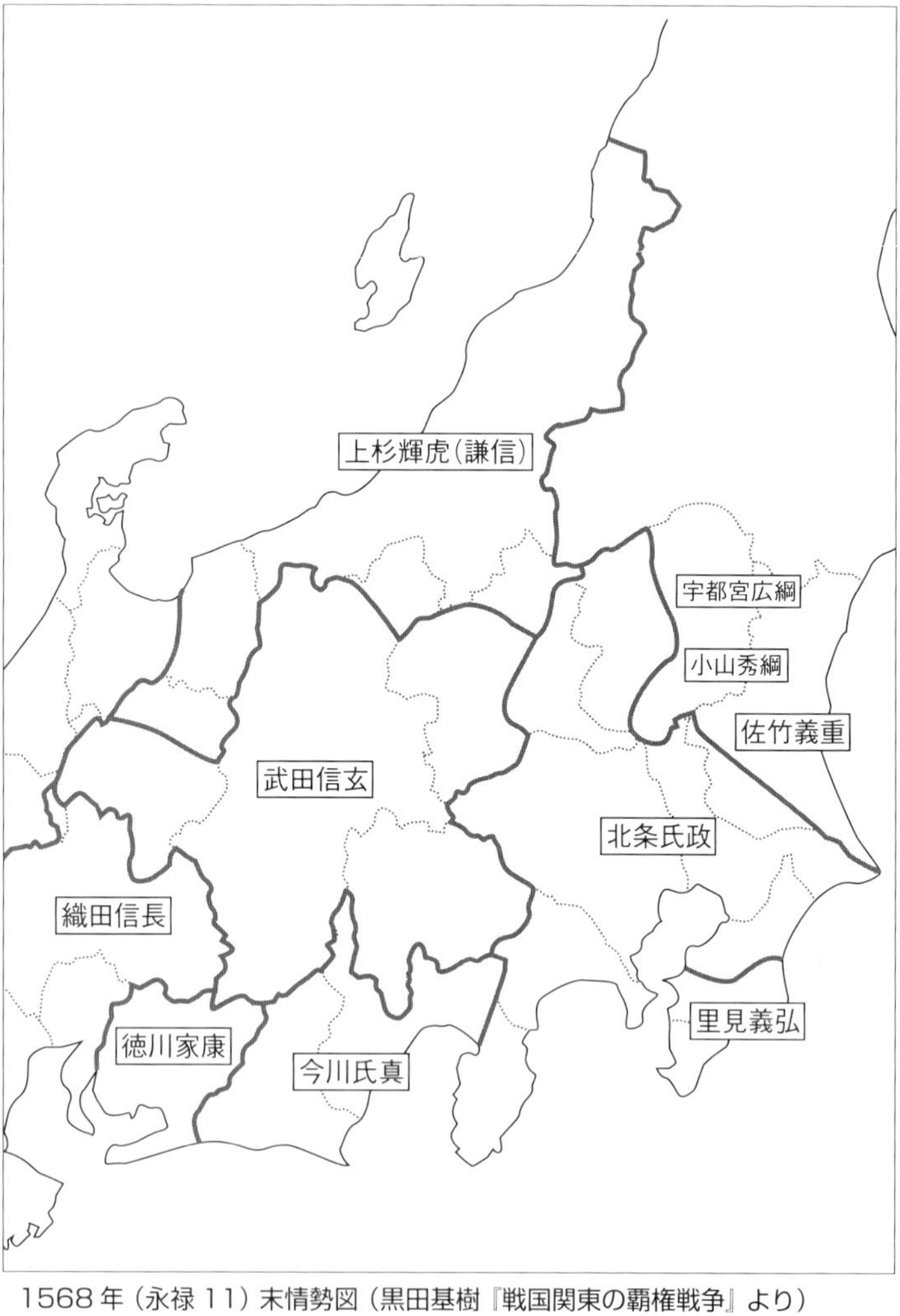

1568年（永禄11）末情勢図（黒田基樹『戦国関東の覇権戦争』より）

ていた。

高綱は菜七が仕立てた勝色縅《おどし》の鎧を、繕《つくろ》い直すなど手を加えつつ、

「この鎧は母様の念力がこもっており、いつも戦いを勝利に導いてくれる」

と口ぐせのように言って愛用していた。

謙信と北条氏政の関東での覇権《はけん》争いは、戦線が関東全域に拡大しており、謙信を後ろ盾とする高綱は、連日のように隣国鎮圧にむけて出陣していた。

謙信は毎年のように越山して関東の親上杉勢力の拡大・固定化を図ったが、謙信が引き揚げると、それまで首をすくめていた北条氏とその支援勢力が湧き水のごとく各地で顔を出し、頭をもたげ、徐々に版図《はんと》を拡げていった。

最初はほんのせせらぎのような小さな勢力だったものが、やがて小川となり、次第に大河となり、気がつくと北条色に塗りつぶされていくというパターンが、毎年のように繰り返されていた。

ちなみに謙信が関東に侵攻した回数は、永禄三年（一五六〇）から天正二年（一五七四）までの十五年間に、じつに十三回にものぼる。

小山の地の平穏な日々が打ち破られたのは天正二年の暮れであった。北条氏の関東方

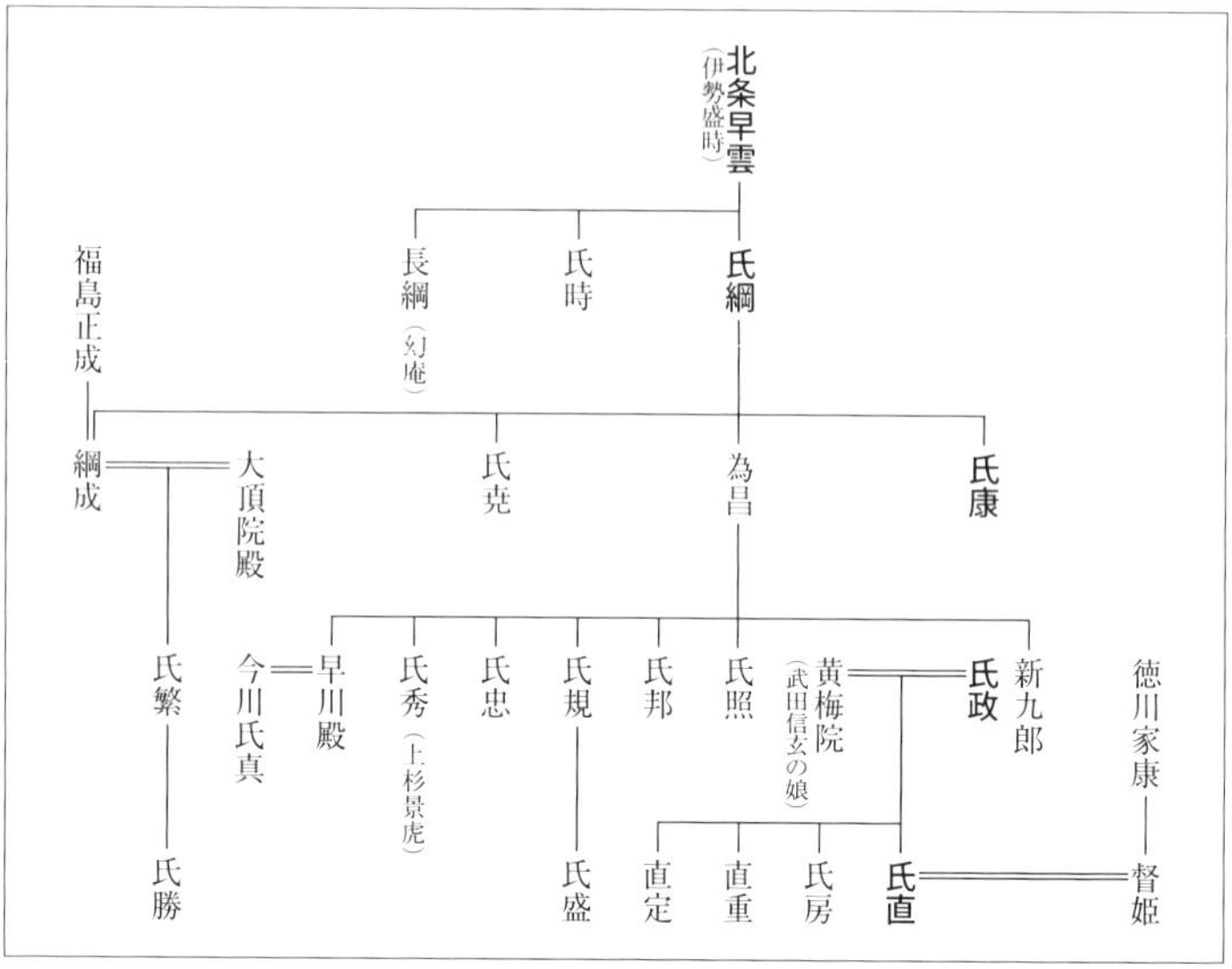

北条氏系図

面司令官ともいうべき北条氏照が、関宿城、その属城水海城（現茨城県古河市）、古河城などを次々と攻略し、天正三年早々、その刃《やいば》を小山氏祇園城に向けてきた。

秀綱は、北条氏は古河城を攻略したあと、必ず鎌倉街道を北上して攻め寄せてくるものとみて、鷲城周辺に阻止線を張ることにした。敵の先鋒隊をくい止める阻止線は、強力かつ堅固でなくてはならない。そのため、騎馬隊による攻撃を防ぐ馬防柵を設置したり、銃弾を防ぐ竹束の準備などの防御策が必要であった。その一方で、攻撃準備として、武田軍

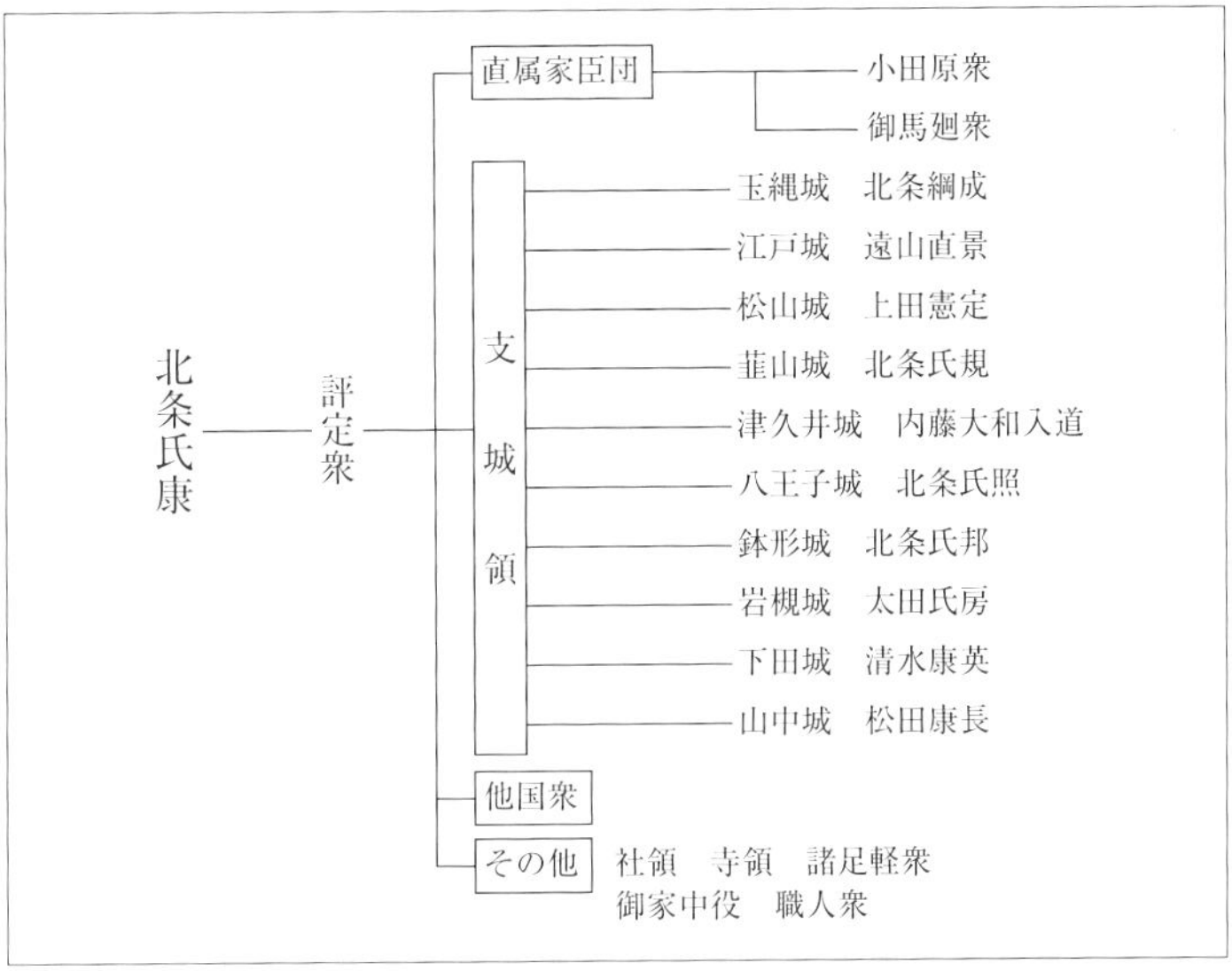

北条家臣団の編成図

が得意とする「石投隊」を新たに編成し、飛礫《つぶて》用の小石などを含む弓・槍などの兵器を整えた。

いざ戦闘となった際には、まず鉄砲隊が一斉に発砲して敵を脅かし、次に弓隊が矢を射込み戦列を乱し、加えて至近距離まで迫《せま》った敵に飛礫攻撃を加えて混乱させる。そこへ槍隊が突入、続いて騎馬隊が駆け入り踏みにじるという、謙信流戦闘形態をとることにした。

氏照は万余の大軍を率い、鷲城攻略に向けて進撃してきた。

迎え撃つ小山軍は、高綱を榎本城から呼びよせ、五百の兵を与えて指揮を委《ゆだ》ね、阻止線を粟宮・安房《あわ》神社前まで前進させ、敵が至近距離に近づくまで、気づかれないように草藪などに身を隠して待ち伏せする作戦をとった。

安房神社は、天慶《てんぎょう》三年（九四〇）、小山氏の始祖藤原秀郷が、関東地方を席捲《せっけん》していた平将門との決戦を前に戦勝祈願したと伝えられる、小山氏にとって縁起のいい神社である。

やがて、ひたひたと迫りくる北条軍の馬蹄音が次第に大きくなり、遂に地鳴りのような音をたてながら迫ってきた。

しかし、小山軍は動かない。

高綱の命令があるまで攻撃に出てはならないと厳命されている。

北条軍の先頭は予想どおり、先に北条軍の餌食《えじき》となった小海城勢と関宿勢が充てられていた。

両軍の距離が一町（約一〇九メートル）に縮まったところで、伏兵を感じとった北条軍の鉄砲が一斉に火を噴いた。

しかし、小山軍は竹束を楯にじっと耐え物音一つたてなかった。

その結果、北条軍は伏兵ありと誤認したと思ったのか、銃を撃つのをやめ、様子をうかがうかのように静かに近づいてきた。

両軍の距離が半町あまりとなったとき、勝色縅の鎧をまとった高綱の右手に握られている「二つ頭右巴」の軍扇がさっとふり下された。

「点火っ」

次いで、

「撃て、撃て」

の号令が響きわたった。

小山軍の銃声が一斉に火を噴き、大地を震わせた。さらに間髪をおかず、弓隊三十人が一斉に矢を放ち、ビューヒューと空気を裂く音を響かせた。

奇襲攻撃を受け、一時隊列を乱した北条軍は、すぐに怯《ひる》むことなく矢を放ちつつ勇猛にも突っ込んできた。

北条軍の先鋒隊員の顔が確認できる至近距離となったとき、

「飛礫隊、投石はじめ」

高綱の大声が響きわたった。この命令を満を持していた小山軍先鋒隊全員が、それぞれが身に隠し持っていた小石を、一斉に北条軍めがけて雨霰《あめあられ》と投げつけた。

この想定外の攻撃に北条軍は慌《あわ》てふためき、われ先にと散を乱して敗走し始めた。

その間隙を縫って、小山軍の槍隊と騎馬隊が突入した。そのため北条軍は後続の第二陣も支えきれず、二十町ほど後退して、やっとのことで踏みとどまることができた。

ここで高綱は、これ以上少人数での深追いは危険と判断し、攻撃を中止して鷲城へ引き揚げるよう命令した。

高綱率いる部隊を鷲城で待っていたのは、湧き立つような歓声と喜びに満ちた住民達の顔と顔、顔だった。

勝利の余韻が覚めやまぬとき、高綱は城主粟宮羽嗜守に榎本城へ引き揚げたい旨を申し出た。

「明日からの戦いは今日よりももっと熾烈《しれつ》な戦いになると思われる。しかし、わたしにとっては榎本城も心配である。主なき城は脆《もろ》いものと聞いている。榎本衆は強いので脆いとは思わないが、心配なので今日の勝利を手土産に我々は引き揚げたいと思うがよろしいか」

「上杉謙信公の戦い方と高綱流を加味した駆け引きをみせてもらいました。謙信公の戦い方は斯様《かよう》なものであるかとただただ感心させられました。我々のことはご心配に及びません。榎本城でのご健闘を祈ります。御身を大切に」

高綱は従者五騎を伴い、休む間もなく鷲城を後にした。

鷲城攻防戦

戦意をなくした北条軍は、その日のうちに関宿城まで退却した。

北条軍は翌日になっても動かなかった。小山軍の予想以上の激しい抵抗にあって大きな損害を蒙《こうむ》り、陣立の再考を余儀なくされていた。

軍議では攻撃に逸《はや》ることなく、防禦を固めつつ、大軍の利を生かして小山軍を包み込み、その上で包囲網をジワジワ狭《せば》め、究極的には鷲城を取り囲む――そして兵糧攻めにする作戦に変更された。

翌々日、北条軍は軍議で決定した作戦に則《のっと》り、抜け駆けなど血気に逸る行動を厳しく戒《いまし》めつつ、整然と戦闘態勢を崩すことなく進軍してきた。こうした軍法に則った北条軍は、多勢の利が有効に働き、強かった。

小山軍はたちまち馬防柵が破られ、退却を余儀なくされて城内に逃げ込まざるを得なかった。

小山軍苦戦の報が祇園城にもたらされると、秀綱は横倉藤蔵を大将とする二百人からなる特別攻撃隊を編成し、鷲城救援に向かわせることにした。

秀綱は特別攻撃隊に訓示した。

「北条軍は褌《ふんどし》を締め直して、再度攻撃を仕掛けてきた。初戦での勝ち戦は敵の慢心から得た勝利だ。今回の北条軍は油断してはならない。上杉謙信公はすでに上野国に入られたという。間もなく駆けつけて来るだろう。それまでの辛抱だ」

さらに特別攻撃隊の名称を、新たに侍大将に任命した横倉藤蔵の名を冠して〝横倉隊〟と称すると伝達した。そして次の命令を発した。

「横倉隊は今夜、夜陰に紛《まぎ》れて、北条軍の囲みを突破して鷲城に籠城している我が軍と合流せよ」

近頃、とみに武士としての風格を備えてきた藤蔵は、突然、侍大将というあこがれの地位を授けられたことで夢見心地になっていた。出撃するまでのわずかな時間に、生来純朴な気風の藤蔵は、妻の忍に報告したくなり、菜七の部屋に向かった。忍が奥方様の側にいると見当をつけての行動だった。

菜七に侍大将を任じられたことを報告すると、奥方は大変喜ばれ、側に待している忍に何やら目配せして衣裳箱のようなものを運ばせてきた。忍の手でその箱から取り出させたのは、背に小山氏の家紋（二つ頭右巴）入りの陣羽織《じんばおり》だった。

「着せてみやりや」

菜七の指示に従い、忍が藤蔵のうしろに回って着せてみると、立派な侍大将の姿がそこにあらわれた。

騎馬二十騎と百八十人の弓隊を含む足軽隊が、鷲城に向けて大手門から出発したのはそれから間もなくのことだった。

先頭には、金糸で縁取った「二つ頭右巴」の陣羽織を着た藤蔵の緊張した馬上姿があった。城中の全員が無事を祈り、手を振って見送った。

秀綱は北条の大軍にたった二百人の部隊で立ち向かわせる自分の無謀さ、非情さを心の中で詫びていた。

「許せよ、許せよ。鷲城に籠もる家臣達を救うために、これが今のわしにできる最善の手段なのだ」

横倉隊は敵の包囲網を突破して、籠城している味方と合流するため、騎馬隊と足軽隊

鷲城跡に祀られた鷲神社

の二手に別れ、正面と搦《から》め手《て》の両面から攻撃する作戦をとった。

騎馬隊は鬨《とき》の声をあげながら敵陣営に馬を乗り入れ、松明《たいまつ》を幕舎に投げ入れ火をつけて回ることにした。

一方の足軽隊は、正面付近の騒動の間隙をついて、歩哨《ほしょう》の手薄とみられる思川岸の急峻な崖をよじのぼり城内をめざした。勝手知ったる我が家同然の急峻な崖さえ越えられれば後の突入は容易である。

最も闇《やみ》が深くなる払暁《ふつぎょう》、藤蔵を先頭に横倉隊が鬨の声をあげながら敵陣営へ突入した。松明を幕舎に投げ入れながら、慌てふためく敵陣の奥深く突っ込んでいった。

北条軍は突如《とつじょ》現れた騎馬隊に一時大混乱に陥ったものの、歴戦の兵たちはさすがであった。すぐさま後衛の兵が防禦体制を整え、いっせいに立ち向かってきた。

その時、搦手の方向から鬨の声があがるとともに、逃げ惑った北条兵が右往左往しながら防禦体制をとっている部隊に逃げ込んできた。そして横倉隊を迎撃せんと構えていた北条軍の後衛の兵たちとぶつかりあい、大混乱におちいった。

これが引き金となって北条軍全体が浮き足だち、我先にと逃走しはじめた。北条軍の侍大将が逃げだす兵士を大声をあげながら両手を拡げておし止《とど》めようとしたが、もはや怖じ気づいた兵たちを止めることはできず、北条軍全体が西へ西へと古河方面に向かって逃走しはじめた。

横倉隊は少人数の部隊であるため深追いは却《かえ》って危険と判断し、引き揚げにとりかかった。鷲城内では、生きた心地のなかった籠城兵と、全身返り血を浴びた横倉隊が、予想外の大勝利に、

「勝ったぞ、また勝ったぞ」

と抱き合いながら、歓喜の声をあげていた。

鷲城は堀に囲まれた内城と外城の二曲輪《くるわ》からなっている。藤蔵と城主の粟宮は凱歌《がいか》に湧く外城からそっと立ち去り、内城の一室に向かった。平時は城主の奥方をはじめ奥女中達で賑やかな各部屋も今日は静かだった。

藤蔵と羽嗜守は、今後の方針について相談をはじめた。

「今日は成功したが、これからはどう戦う」

羽嗜守は、

「うーむ」

と唸り声をあげて考え込んでしまった。

「とりあえず負傷者を本城の祇園城へ移送して手当を受けさせよう」

藤蔵が低い声でいった。

「そうだな、まずそれが先決だ」

「馬廻り組の大久保平太に指揮をとらせよう。早急に措置せねばなるまい」

「北条の再攻撃に対する備えも、より厳重にせねば」

そのあとは二人とも黙って互いに見詰めるだけだった。

北条軍はすぐには動かなかった。

というよりは動けなかったというべきであろう。越後の上杉謙信、甲斐の武田勝頼、常陸の佐竹義重らの動きが慌《あわ》ただしくなり、いまにも上野国へ侵入してきそうな構えをみせており、それらの動きと連動して上野国の大名・国衆の中にも不穏な動きがみられるようになった。そのため北条氏照はこれらの動向をじっくりと見極めねばならなかった。

高綱の死と祇園城落城

こうした混沌とした関東の情勢を憂慮した北条軍の総大将北条氏政は、氏照に任せてはおけないとばかりに、大軍を率いて関宿城に姿をみせた。

氏政は伺候《しこう》した氏照に向かって、大勢の武士が一堂に会している中で大声で叱責した。

「たかが小山の小城の一つや二つ、即落とせないとは情けない。かつて、小山の小城は半日もあれば落としてみせると豪語していたのは、そちではなかったか」

大勢の武将の前で兄氏政から叱責された氏照は、

「面目ない」

ひと言発したのみで、項《うなじ》を垂れたまま動こうとしなかった。

その後、氏照は小山を攻略するには小山氏の支城である榎本城を攻め落とすのが先決と思い至り、榎本城攻撃を優先することに作戦を切り換えた。

そして、榎本城に隣接する皆川城の皆川広勝に、榎本城攻撃にとりかかるよう指示し、自身も攻撃軍に加わった。陣頭指揮を行い、先の恥辱を晴らしたかったものと思われる。

こうして北条軍は、大軍の利を生かし、榎本城を包囲した。

しかし、榎本城主小山高綱は城門を固く閉じて城に籠もった。

両軍は互いに睨みあったままで、徒《いたずら》に時だけが過ぎていった。

天正三年（一五七五）六月、北条軍に榎本城を包囲されて三か月が経過し、兵糧が底をつき始めてきた。この窮状を打開しようと、小山高綱は反撃に討って出た。

榎本軍は高綱を先頭に包囲軍の囲みを切り開き、皆川軍を押し戻して皆川領まで攻め込んだ。このとき高綱率いる一隊は、伏兵の攻撃をまともに受けてしまった。

先頭にたって指揮していた高綱が突然倒れた。その首には流れ矢が深々と突きささっ

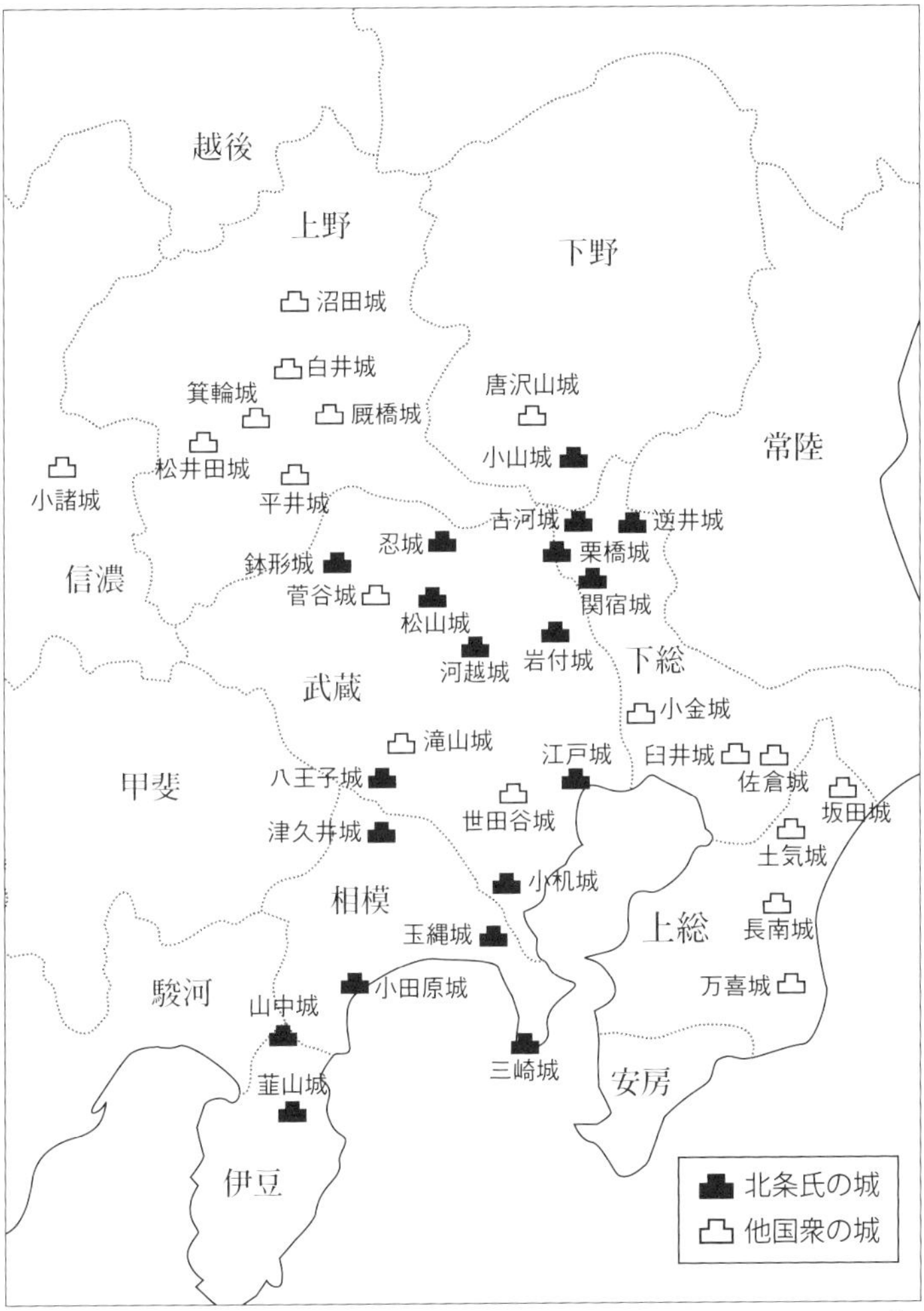

北条氏の支城ネットワーク（『歴史人　関東戦国の争乱』2016 年 2 月号より）

ていた。

高綱戦死の悲報に榎本城内は戦意を失い、たちまち落城となった。

高綱が身に纏《まと》っていた勝色縅の鎧は、高綱の力戦を物語るかの如く全体がどす黒く血に染まっていたという。

榎本城落城の報に気をよくした氏政は、ひと息つく間もなく祇園城攻略にとりかかった。氏政の目には、小山の地は北関東の中心にあり、交通の要衝でもあることから、北関東の最重要拠点、奥州に攻め入る前進基地となりうる重要な地と映っていた。

また小山の地は、父氏康が攻略・臣従させたところでもあり、そのたびに上杉謙信に乗っ取られた因縁深いところでもあることから、通常より力の入る戦場であった。

氏政は祇園城攻撃にあたって、全将士に檄《げき》を飛ばした。

北条鱗の流れ旗

「わが北条の持てる力を存分に発揮するときである。たかが小城と侮《あなど》るなかれ。北条の総力をあげて攻めよ」

北条軍は祇園城と鷲城に同時に攻め寄せてきた。攻撃は兵の犠牲をいとわず、新手の兵を矢継ぎ早に入れ替え取り替え投入するという、遮二無二の力攻めを繰り返す凄まじいものであった。

開戦初日に両城を結ぶ連絡網は絶ち切られ、両城ともに孤立無援の裸城となってしまった。北条軍は攻撃の手を弛《ゆる》めることなく、特に小山軍兵士への殺傷手段は残酷極まりないものであった。

その一方で、城下の住民に対しては放火を控えるなどの手心を加え、終戦後の統治を考えた民心収攬《しゅうらん》の策略をみせていた。

翌日、陽がのぼり、周囲がはっきりと識別できるようになると、再び北条軍の攻撃が始まった。昨日以上に銃声が唸り、雨のごとく矢が降ってきた。

秀綱は北条軍の動きを自らの目で確かめるため、望楼《ぼうろう》に登り城の周囲を眺めた。

北条軍の中心に、大きな三鱗《みつうろこ》の軍旗が翻っていた。寄せ手の大将北条氏政の陣所であると容易に分かる。一瞥《いちべつ》したところ、想像以上に整然とした軍団で、規律が厳しいことが読みとれた。

「この軍隊ならば、降伏しても多くの家来を殺傷はすまい。命を差し出すのはわしとわしの家族、主だった家臣ですむだろう」

そう思いめぐらし、降伏する決意を固めた。

和議の使者に横倉藤蔵を選んだ。藤蔵は口下手ではあるが、交渉の駆け引きはなかなかのものを持っており、一人でも多くの命を助けてくれるだろうとの期待が込められていた。

こうして合戦は小山軍の惨《みじ》めな敗北で終わった。

北条軍の副将格の北条氏照が、約千人の兵士を引き連れて祇園城に乗り込んできた。

停戦協定は、次の二項目だった。
・秀綱と家族は、即刻城を退去すべし。落ちゆく先は自由。
・家臣はお科めなし。落ちゆく先は出身地とする。
協定は大方の予想を裏切る穏便なもので、藤蔵の交渉能力が高く評価された。

第五章

祇園城奪還

筑波山麓《さんろく》での日々

落人となった秀綱一行は、下野・常陸の両国の知己《ちき》を訪ねるなど、あてのない旅を続けたあと、天正四年（一五七六）十二月、弟の結城城主結城晴朝を頼って結城を訪ね、結城氏の宿老水野政村の領地、常陸国真壁郡古内（現筑西市）に安住の地として落ちついた。

秀綱一行は、菜七、長男伊勢千代丸（後の政種）、次男小四郎（後の秀広）および渡辺数馬ら武士三人、忍ら奥女中五人の、総勢十余人の少人数で、つい先日まで祇園城主であったとは想像もできない寂しい集団となっていた。

古内の地は、古来「西の富士、東の筑波」とうたわれた名峰筑波山の麓の静かな田園地帯である。新居は古内地区のほぼ中央に位置し、かつて大名主の住居であったと思われる屋敷で、秀綱一行が生活するには十分な広さであった。

秀綱らは、閑居で悠々自適な生活を送るものとみられていたが、秀綱は隠遁《いんとん》生活を装いつつ、それを隠《かく》れ蓑《みの》に活発な情報収集と外交活動を展開する腹づもりであった。秀綱の胸中には、落人となった我が身はさておき、多大な犠牲を強いてしまった領民と、忠節を尽くしてくれた家臣に対して、幾分なりとも以前の生活を取り戻してやりたいという一念があった。

家臣たちは、それぞれの出身地に戻り、農作業など本来の生業に就くはずだった。しかし、彼らは北条の支配に服することを潔しとせず、北条氏が出す布令に従わないのみならず、暴動を起こしたり、武力衝突を起こすなど、秀綱という要石を失った小山の上空には絶えず不穏な雲が流れていた。

そこで北条氏政は、小山領を統治するには旧領主である小山秀綱の力を利用することに思い至った。秀綱と深い交友関係にあった忍城主成田氏長の娘幸姫を秀広に嫁がせ、北条氏と小山氏との堅い結びつきを内外に知らしめ、旧小山領の住民を押さえ込もうと画策した。

氏政は計画どおりに幸姫を自分の養女とした上で秀広に嫁がせた。領地なし、城な

16 世紀中頃の勢力分布（『小山氏の盛衰』より）

し、蟄居《ちっきょ》中の秀綱に対して、「関東の覇者」の名をほしいままに権力を揮っている氏政としては破格の扱いである。

この婚姻に対して旧家臣達からは猛反対の声があがった。

「殿様は何を考えているのだ。我々に陰になって反北条の闘いを指導されているのに」

「北条の策略だ。我々の動きを鎮めるため以外のなにものでもない」

「成田氏と昵懇《じっこん》の仲とはいえ、北条の娘となった姫をもらい受けるなど恥知らずにもほどがある」

しかしながら、秀綱には彼なりの賭《かけ》ともいうべき冷徹《れいてつ》な判断があった。

――成田氏と北条氏はいつかは仲違《なかたが》いするときがくる。これまでの歴史を見ればそれは明らかなことである。そのときこそ、北条に奪われた領地を取り戻すときである。その可能性は小さいかも知れないが、小さくても賭けてみる価値はある――。

一方、小山家に嫁がされる幸姫は、浪々《ろうろう》の身同然の小山氏へ嫁がされるのが不満で、身の不幸を呪《のろ》った。

幸姫の実父成田氏長は悲しむ幸姫をみて、

「秀綱殿は秀れた人格者で、必ず小山の領主に復帰されるお方だ。姫の行く末は小山の御台様だ。それもそれほど遠くない時期にだ」

と言って慰めたものの、幸姫にはとうてい信じられることではなかった。

なお、幸姫について述べると、幸姫は忍城主成田氏長の二女に生まれた。氏長の三人

忍城跡

の娘はそれぞれが美しい姫と評判の姉妹であった。

そのうち最も美しい姫ともて囃《はや》されていたのが長姉の甲斐姫であった。甲斐姫は後に小田原城が落城し、北条氏が滅亡した後、豊臣秀吉に嘱望《しょくぼう》されて側室となった。さらに豊臣氏滅亡後は、豊臣秀頼の娘天秀尼とともに鎌倉・東慶寺に入り、尼として生涯を全《まっと》うしたといわれる数奇な運命を辿った女性である。

なお、甲斐姫は豊臣秀吉の時代に小山氏再興に尽力したといわれる。

西仁連川決戦

小山秀綱を祇園城から追放し、小山領の領主に治《おさ》まった北条氏照は、西仁連川《にしにれ》を挟んで国境を接している結城氏を傘下に組み入れようと各種工作を試みたが、頑として受け入れなかった。そのため氏照は、ついに天正八年（一五八〇）九月、武力制圧しようとして兵を動かした。

氏照は寄手の大将に弱冠十四歳の伊勢千代丸改め小山政種を起用した。結城氏の当主は秀綱の実弟結城晴朝であることから、叔父・甥の戦いとなった。

戦いは西仁連川の両岸にそれぞれ陣を張り、にらみ合いが続いたが、先に北条軍が仕掛けた。北条軍の先鋒は、当時の倣《なら》い通り小山軍が充てられ、その先頭に政種がたった。

政種は、母菜七が設《しつら》えた勝色縅の鎧を身にまとい、立派な武者姿ではあったが、まだあどけなさが漂う若武者でもあった。

合戦は両軍共に自軍陣営から大量の矢を浴びせたあと、小山軍の先鋒隊が勇敢に川に飛び込んで襲いかかり、結城軍の先鋒隊を撹乱《かくらん》した。

ジリジリと退く結城軍をみて、政種は勝利への好機ととらえ、

「突撃だ、かかれっ」

大声をはり上げ、馬を乗り入れた。

横倉藤蔵、大久保兵太、船田又四郎ら馬廻り隊員らが政種の前進をおしとどめようとしたが、間一髪間に合わず、結城軍の鉄砲が火を噴いた。

すさまじい轟音《ごうおん》と同時に、政種の体は飛ばされ、頭から川の中に突っ込んだ。時を同じくして、大久保兵太、船田又四郎も血しぶきを上げて落馬した。大将が斃れて北条軍は総崩れとなった。

この戦いは、小山氏にとって、北条の手先に使われ、嫡男政種を失い、さらに多くの

兵を失い、多くの犠牲を払ったにも拘わらず何も得ることのない合戦であった。このような無謀な戦いを仕掛けた北条を恨む心が、より一層大きく深く刻み込まれた。

特に菜七には、まだあどけなさが残る少年の政種を先鋒の指揮者に押し上げ、戦死させた北条の仕打ち、非情さが恨めしく思われた。これで秀綱は大切な嫡男を失ってしまったのである。

再び祇園城へ

織田信長が天下統一に向けて甲斐の大大名武田勝頼を滅亡させたのは、秀綱が筑波山麓に追いやられてから五年余が経った天正十年（一五八二）三月のことだった。

武田氏滅亡後の信長の勢威は大いに高まり、関東の諸大名、国衆は次々と信長への服属を申し出た。その結果、信長の「東国御仕置」役、滝川一益の統括の下に新たな政治秩序が生まれようとしていた。この新政治秩序が信長の志に適《かな》う「東国御一統」と称されるものであり、後日、豊臣秀吉が天下統一をなした際、大名間の合戦を禁じた「惣無事令」へと結びつく。

秀綱は古内に隠棲《いんせい》・蟄居《ちっきょ》してからも祇園城への復帰をあきらめることなく、旧家臣たちの新城主北条氏照への反抗活動を支援するかたわら、織田家の関東方面司令官滝川一益に近づき、同人を介しての織田信長への接近も図っていた。

「東国御一統」政策を推し進めていた信長は、北条氏政に本拠地祇園城を追われ、蟄居生活を強いられている小山秀綱の、たび重なる嘆願つまり小山への復帰願いを聞き入れることにした。信長は、下野国を北条氏政の支配下に放置しておくと、北条氏の勢力が強大になりすぎると考えたからに他ならない。

さらに信長にはもう一つ拭いきれない思惑があった。それは北条氏に対する忘れることのできない復讐の念《おも》いである。

織田木瓜

それは天正三年のことである。信長が北陸の地において一向宗と上杉連合軍に苦戦を強いられている最中に、北条氏政と武田勝頼は「甲相同盟」を結び、信長の背後を衝く動きをみせ、信長を窮地に追い込み、信長の戦略の大幅な変更を迫ったという事実である。

この点からみれば、信長の祇園城明け渡し命令は当然すぎるほど当然のことであった。氏政は信長の怨恨《えんこん》の深さを読めなかった。

一方、北条氏政は、信長の凄まじい勢力の拡大に驚き、この際、友好関係を結び親密な関係を築いていくことが北条家安泰に繋がるとして、贈答品攻勢などの外交手段を駆使して近づき、特に対武田勝頼との戦勝祝には多大な祝品を送るなどの気の配りようだった。

このため、祇園城を秀綱に返還せよとの指示は俄《にわか》には信じられなかった。

「信長公には誠意を尽くして付き合いをしていたのに、このような仕打ちをするとは」

怒りをあらわにして怒鳴りちらした。

氏政は信長の「大名間の合戦を禁止」し「関東の平和を目指す新たな政治秩序形成」にむけた「東国御一統」や「惣《そう》無事」構想が理解できなかったし、理解しようともしなかった。

しかし、さすが一軍の将である。すぐに一時の怒りを抑え、「名を失っても実を確保すれば」と冷静さを取り戻し、「信長公に逆《さか》らうことはできない」と表明して祇園城を明け渡すよう氏照に指示した。

祇園城は、同年五月、氏照から一益に、一益から秀綱へと手順を踏んで引き渡された。

祇園城跡

秀綱は、祇園城主に返り咲いたというものの、実態は北条氏政の支城主ともいうべき立場に置かれ、領主に本来備わっている権力、つまり外交、人事、領土支配などの主要な権力は北条氏照が握ったままであり、名誉的な官途状、宛行状《あてがい》の発給権程度が譲渡《じょうと》されたにすぎなかった。

小山の地に復帰した秀綱は、念願適《かな》って安心したのか、これまでの波乱に満ちた心労が出たのか、風邪をひいて寝込むようになり、次第に衰弱の度を強めていった。

蒸《む》し暑い真夏のある日、横倉藤蔵が妻忍を伴って秀綱の病気見舞いにやってきた。

「今日は忍と一緒に殿のご機嫌伺いに上がりました」

そう言上した後に、何やら奥方様に目配せした。すると奥方は了解したのか、

「皆の者は下がってよろしい」

と声をかけ、小姓、奥女中らを退出させた。

「殿は去る六月二日、信長公が明智光秀の謀反《むほん》によって落命されたということを御存知ですか」

「それは真《まこと》か。知らなんだ。誰も予に教えてくれなんだ」

「そのようなことだと思い、殿のご機嫌伺いという形でご報告に上がりました」

藤蔵は続けた。

「武田信玄、次いで上杉謙信が亡くなり、このたび織田信長様が相次いで亡くなりました。特に信長様が築かれてきました平和への足掛かりが崩れ落ちておりまする」

「また乱世に立ち戻るか。北条は牙《きば》を剝《む》き出しにするだろう。関東全域が北条の餌食《えじき》となるかも知れん」

秀綱はこの頃めっきり衰弱し、話す声が弱々しくなったが、なおも続けた。

「しからば小山はこれまで通り北条に従っていかねばなるまい。しかしながら北条の政治姿勢は旧態依然であり、新しい風を取り入れようとしない。北条の勢いも永くはあるまい。この辺を見誤ることのないように心せねばならない。わしの亡きあと秀広をたのむ。小山一族をたのむ」

ここまで一気に話すと、疲れたのか目を閉じた。その目尻からは大粒の涙が二つ三つとこぼれ落ちてきた。素早く菜七はそっと拭き清めていた。

秀綱の死

数日後、秀綱から藤蔵に夫婦で登城せよ。との使いがあった。藤蔵夫妻が伺候すると、すでに若君秀広夫妻が病室に控えており、菜七は薬湯を飲ませていた。

「皆様お揃いになりました」

菜七が秀綱にささやくと、床から半身を起こさせて、

「わしは永くない命となった。これから話すことは、わしの戯《ざ》れ言じゃと思うて聞いてくれ。余の遺言と思うてもよろしい」

と前置きして、か細い声で語った。
「わしはこの乱世にあって負け戦の連続であった。余が不甲斐なかったため、領民に多くの苦労を強いてしまった。申し訳ないと思っている。勝つ戦をして領民と共に喜び合いたかった。

なぜ負け続けたのかと言えば、いつも非戦論を唱える一部の平和主義者に言いくるめられていた、との思いがある。彼らは強力な部隊を組織しようと思えば、その費用で民に施すことが先決といい、鉄砲隊を組織しようとすれば財政的に無理、などとああ言えばこうと主張する。その結果、領土が敵に蹂躙《じゅうりん》されることになっても外交努力が足りなかったなどとうそぶく。

このような輩を産み育てたのが、余の統率力のなさと小山の豊かな富を産む大地であったと言える。敗戦によって被《こうむ》るひもじさは一年、いや半年我慢すればまた実り豊かな米穀を収穫できると、平和主義者の輩はまるで他人事のように主張する。彼らはいかにも人間味あふれたような主張をするが、長い年月でみると、領民を亡国へと導く団結力のない集団へと領導しようとする陰謀を企《たくら》んでいるようにみえる。

余はこうした輩を一掃できなかった。彼らにとってはやりやすい良い殿であったかも知れない。ここにいる藤蔵が先の鷺城攻防戦で北条軍相手に実証したように、少人数でも大兵力を打ち破ることができるということを実践するべきであった。戦えば必ず勝つと言われた上杉謙信殿は、戦場で生きようと思えば死に、死を覚悟でのぞめば生きて帰れると、戦場に向かう将士の戦意の高揚を図ったと聞くが、非戦論者の多い我が軍では却ってまとまらなくなるだろう。余にもっと強い意志があったならばと残念に思う。

余の一生は忍耐の一生であったと言えよう」

全員、一言一句聞き洩らすまいと耳を澄まして聞き入り、なかでも菜七奥方と忍は、目頭を押さえながら流れ落ちようとする涙を必死になっておしとどめていた。

藤蔵にとっては、かつて幾度となく、何時間も繰り返し行われた軍議の状況が手に取るように思い返され、誰が軍備強化に反対し、平和論を語った人物であったか、その人物の顔が浮かび上がってきた。いかにも分別をわきまえた物知り顔が次から次へと浮かんでは消え、浮かんでは消えた。

この者たちがおのれの高名ばかり追うのではなく、真に領民の幸せを思うならば、殿の苦渋を理解していたならば、小山の領民はより楽な暮らしができていたものをと思われた。殿の胸の内を聞いて、冗談交じりに「弱腰の殿」などと評していた自分の浅はかさが悔やまれた。

藤蔵と忍は、主君秀綱の病状が予想以上に重く枕下《まくらもと》から離れ難くなり、当分の間城に居残り看病することにした。

忍は、菜七が看病を女中任せにしないで、すべて自分の手で行っていることを目にして、「お殿様はおしあわせだ」と思いつつも、奥方様の窶《やつ》れ方が著しく気がかりであった。少しでも負担が軽くなればと思って手を差し出そうとすると、

「わらわが致すゆえ」

と拒否されることがたびたびであった。

天正十年（一五八二）六月下旬、秀綱の枕元に秀広夫妻と藤蔵、次いで忍が呼び入れられた。秀綱は死期が目前に迫っているような血の気のない土色がかった顔であった。秀綱は小山氏の将来を託す言葉を途切れ途切れに、ほとんど聞き取れないか細い声で語った。「あまり思いつめないでゆっくりお休みになって下さい」

菜七が声をかけると、今までとは打って変わり、低いが力強い声で語り出した。

「わしは休んではいられないのだ。これから旅に出るが、その先は忙しいのだ。わしの命《めい》により、わしの代わりに、小山を守るために先に旅立っていった幾百幾千とも知れな

い多くの部下をたずね歩かねばならない。一人一人と会って礼を申さねばならない。その中には政種がいれば高朝もいる。長い長い旅になるだろう」

一気に語り、疲れたのか目を瞑《つぶ》り静かに寝息をたて始めた。

しばらくして目を微《かす》かに開《ひら》くと、菜七に向かって二度三度と手を振るしぐさをした。

その手を両手で握った奥方は、低い声で子守唄を歌うかのように耳許に口を寄せて、秀綱が病床についてから好んで口遊《くちずさ》んでいた「平家物語」の岐王が平清盛の前で舞い歌ったという一節を歌い始めた。

仏も昔は凡夫なり
我等も終には仏なり
いづれも仏性具せる身を
隔つるのみこそ悲しけれ

二返目が終わらないうちに、秀綱はしずかに目を閉じ、再び開くことはなかった。

「殿様、ご危篤」の報は、いつ誰からともなく、領国内を駆け巡り、領民が誰の指示でもなく三々五々祇園城大手門前に集まってきた。菜七の配慮からか、領民は十人程度の集団に分けられて城内に招き入れられた。城内は物音一つしない静けさであった。

武士の控室や武器庫などを通り過ぎると、案内役の女中が、

「こちらのお部屋でお殿様はお休みになっておられます」

ぼんやりと薄明かりが灯る部屋をさし示した。すると領民達は誰彼となく両膝をがっくりと折り、涙を流しながら両手を合わせて病気平癒を祈り始めた。

「殿様のお体に障るといけないので」

そういう警固の武士の合図で、彼らは無言のまま次の集団と入れ代わっていった。

この光景を目にした北条氏関係の武士は、こんな言葉を口にしたという。

「秀綱殿と領民との結びつきはすごい。我らが戦の神様と仰ぐ氏康様の時もこのような光景は見られなかった」

「戦えば負けるの秀綱殿の、どこがよくてこんなに慕われるのか」

「領主様を慕う領民の心がこんなに強いとは」

なお、秀綱の死により、小山氏の家督は秀広が継承することになった。

第六章

その後の小山氏

藤蔵、死す

織田信長の死は、中央政界に大きな変動をもたらした。織田家の跡目相続をめぐる織田家中の争いは、織田家内部にとどまらず、多くの大名や国衆を巻き込んで、戦国の世の再来を思わせる戦乱を招いた。

関東地方にもその余波が押し寄せ、織田家「東国御仕置」役滝川一益の関東からの撤退による領主不在の空白地域が生まれ、大名らによる奪い合いが再燃した。

小山地方の支配者北条氏照は、こうした混乱に乗じて、支配地拡大を目指した小競り合いを反北条氏陣営の宇都宮氏などと繰り返していた。そのたびに小山兵は先陣を担《にな》わされ、犠牲者を積み上げていった。

天正十三年（一五八五）七月の宇都宮国綱との合戦では、横倉藤蔵を侍大将とする小山勢の働きはめざましく、宇都宮勢をジリジリと追いつめ、宇都宮領内奥深く追い込んでいった。

宇都宮国綱は、戦況利あらずとして常陸国の大名佐竹義重に加勢を依頼した。義重は万一の事態に備えて、怠りなく宇都宮氏との国境付近に五千余の大兵力を待機させていたので、すばやく兵を動かし参戦してきた。

戦いは押しつ押されつの白兵戦が展開されていたが、佐竹勢が小山軍の横腹を突いてきたため、藤蔵は雑兵の槍に足下をすくわれ横倒しにされた。その隙に宇都宮軍の侍大将誉田伊予守が馬乗りとなり、抵抗むなしく首を刎《は》ねられてしまった。

藤蔵が討ち取られたとあって、小山軍は戦意を失い後退に後退を重ねたため、それが引鉦《ひきがね》となって北条軍は総崩れとなった。

なお、横倉藤蔵戦死に関し、佐竹義重の誉田伊予守宛の感状（天正十二年七月三日付）が伝えられている（『小山市史』）。

北条氏の滅亡

織田信長の横死《おうし》に端を発した織田家内の主導権争いが豊臣秀吉の手によって収束したあと、秀吉は全国統一政権樹立に向けた「惣無事令」を発出した。

同令は各大名間の領土紛争を武力で解決することを禁止し、問題解決は秀吉に委《ゆだ》ねよ、というもので、全国の大名を秀吉の威令下に置こうとする狙いであった。

ところが北条氏政・氏直父子は秀吉に臣従することを潔《いさぎよ》しとせず拒否したため、秀吉は武力による力づくの小田原城攻略を決意し、全国の大名から動員した二十二万人と称する大軍で北条父子のこもる小田原城を包囲した。小田原城攻防戦は三か月に及ぶ籠城戦の末、天正十八年（一五九〇）七月、北条氏が降伏、落城した。

初代北条早雲から氏綱、氏康、氏政、氏直の五代、約百年にわたって関東に覇を唱えた北条氏の本拠地小田原城はここに落城した。

秀吉は小田原城攻撃と同時に関東各地の親北条氏の大名・国衆攻略を実施していた。北条氏の支配下にあった祇園城は、北条氏屈指の前線拠点と目されていたため、秀吉軍から重要な攻撃対象とされていたが、秀吉軍の大将結城晴朝の攻撃に抵抗らしい抵抗もせずにいとも簡単に陥落してしまったという。

祇園城を支配していた北条氏関係の将士が小田原城危うしとの報を受け、本拠地小田原城の救援に出向いて行ってしまったため、残された小山軍関係の将士は結城軍と戦う意義が見出せず、士気が上がらなかったためである。

祇園城と対照的に徹底抗戦したのが、小山氏当主小山秀広の妻幸の実家である成田氏長の居城忍城である。忍城は寄せ手の大将石田三成によって城の周囲に堤防を築かれ、河水を引き入れた「水攻め」にあったが、耐えに耐えて落城しなかった。

城主氏長が小田原城助勢のため小田原城に詰めていて、城主不在の城であったからなおさらの驚きである。指揮を執ったのが、幸姫の姉甲斐姫であったと伝えられている。

なお、忍城の落城は、小田原城落城後の氏長からの「殿様の命令」を受けてからという。

秀広は蒲生家へ

小山秀広は祇園城の落城後、忍の世話で故横倉藤蔵の屋敷に寓居していたが、秀吉の「奥州仕置」に則り、会津黒川四十二万石の大守となった蒲生氏郷へ「お預け」となり、その後間もなく蒲生家家臣となり厚遇されたという。

一方、忍城の甲斐姫は、忍城開城後、東国随一の美女と謳《うた》われた美貌の持ち主といわれるだけあって秀吉の目にとまり、乞われて側室となった。豊臣家滅亡後は秀吉の孫、豊臣秀頼の子である天秀尼とともに鎌倉の東慶寺に入り、一生を仏門に捧げたという。

また、成田氏長は秀広同様蒲生家に「お預け」になったが、まもなくして下野国烏山三万七千石の大名に取り立てられた。

小田原の役の敗軍の将である小山秀広と成田氏長がこのように厚遇されたのは、甲斐姫が豊臣秀吉を動かしたからではないかと伝えられているが、真偽のほどは不明である。

主な参考文献

黒田基樹『戦国関東の覇権戦争』洋泉社
「週刊日本の合戦」No.1　講談社
松本一夫『小山氏の盛衰』戎光祥出版
松本一夫「研究紀要」第一四号　二〇一〇　栃木県立文書館
『埼玉県の歴史』山川出版社
『小山市史』（通史編）小山市史編さん委員会
戸部民夫『日本の神様がよくわかる本』ＰＨＰ文庫
「関東戦国争乱」『歴史人』No.63　Ｋ・Ｋベストセラーズ
『小山市史』（史料編・中世）小山市史編さん委員会
池亨『東国の戦国争乱と織豊権力』吉川弘文館
牧秀彦『剣豪全史』光文社
柴辻俊六『武田信玄合戦録』角川書店
永岡慶之助『上杉謙信』青樹社

槇島昭武原著・霜川遠志訳　『関八州古戦録』（上）教育社
加藤鉄雄『戦国武将「旗指物」大鑑』彩流社
海道龍一朗『我、六道を懼れず』（立志編）ＰＨＰ文芸文庫
戸部民夫『図解「武器」の日本史』Ｋ・Ｋベストセラーズ
『戦国期下野の地域権力』栃木県立文書館編
黒田基樹「研究紀要」第一八号　二〇一四　栃木県立文書館
「週刊日本の合戦」№20　講談社
松本一夫編『下野小山氏』（「中世関東武士の研究第六巻」）戎光祥出版
黒田基樹『北条早雲とその一族』新人物往来社
平山優『武田遺領をめぐる動乱と秀吉の野望』戎光祥出版
松本一夫他『関東の名族興亡史』新人物往来社
七宮涬三『下野小山・結城一族』新人物往来社
平山優『武田氏滅亡』角川選書

あとがき

知人から小山氏の最後の殿様小山秀綱を描くように勧められ、その気になって手をつけようとしたものの、秀綱に関する知識がない上に資料を探せども殆ど目にすることができず困りはてていた。小山市立図書館の司書の方からアドバイスを受けるも私の描く秀綱像に近付くことができず、投げ出したくなる思いだった。

こうした中で、秀綱は戦えば負ける連戦連敗を重ね、さらに居城をも失うという屈辱に耐えながらも不死鳥のごとく蘇るたくましい生命力を持った人物であることが分かった。

私なりに秀綱の人物像を描きつつあるときに横倉藤蔵の討死に関する資料（『小山市史史料編』）を目にした。こうしたこともあり、秀綱の生きざまが私の人生観と重なり合うところがあるように思えてきた。こうして私なりに秀綱という人物像を作れるのではないかとの思いが強くなり、その結果このような形で本書を上梓することになった。

題字は、書道界の国内最大規模を誇る「読売書法展」に毎年出展するなど中央書界で活躍され、そのかたわら郷土では若手のホープとして少年少女への指導にも力を注ぎ書道の裾野拡大に務められている新進気鋭の作家倉持大鳳先生にお願いいたしました。先生には、お忙しいところを快くお引き受け下さりありがとうございました。読者の皆様には、先生の躍動感溢れる美しい書を堪能していただけるものと思います。

末筆ながら随想舎の石川栄介氏には、今回も大変お世話になりました。改めて感謝いたします。

平成二十九年十月

知久　豊

[著者紹介]

知久　豊（ちく　ゆたか）

1945年、小山市乙女に生まれる
栃木高校卒業
中央大学卒業
2006年、法務省定年退官

現在　保護司

著書『歴史探訪　乙女の里物語』
『戦国 知久氏の興亡』
『小山の母 寒河尼物語』（すべて随想舎）

小山氏最後の領主 小山秀綱

2017年11月20日　第1刷発行

著　者 ● 知久　豊

題　字 ● 書家　倉持大鳳（小山市）

発　行 ● 有限会社 随 想 舎
〒320-0033　栃木県宇都宮市本町10−3 TSビル
TEL　028-616-6605　FAX　028-616-6607
振替　00360 − 0 − 36984
URL　http://www.zuisousha.co.jp/
E-Mail　info@zuisousha.co.jp

印　刷 ● モリモト印刷株式会社

装丁 ● 齋藤瑞紀

定価はカバーに表示してあります／乱丁・落丁はお取りかえいたします

© Chiku Yutaka 2017 Printed in Japan ISBN978-4-88748-345-3